悪党一家の愛娘、転生先も乙女ゲームの極道令嬢でした。

最上級ランクの悪役さま、その溺愛は不要です！

2

JN070704

透子
AMEKAWA
安野メイジ
クター原案 轟斗ソラ

AKUTOUIKKA NO MANAMUSUME,
TENSEISAKI MO OTOMEGAME NO
GOKUDOUREIJOU DESHITA.

TOブックス

contents

II 忠臣義士の番犬従者

カルヴィーノ家

フランチェスカ

前世は極道の娘、
今世はマフィアボスのひとり娘。
仁義を通し、芯が強い。
平穏のため、
ゲームシナリオを変えたい。

エヴァルト

忠義を重んじるカルヴィーノ家の現当主。
フランチェスカの父で、娘を溺愛している。

グラツィアーノ

フランチェスカの世話係兼弟分。
レオナルドを敵視、警戒している。

アルディーニ家

レオナルド

最も強く危険なファミリーの
若き当主。
ゲームストーリー上のラスボスで
フランチェスカを
気に入っている。

ラニエーリ家

五大ファミリーの1角。

？？？家

五大ファミリーの1角。

セラノーヴァ家

リカルド

伝統を重んじる
セラノーヴァ家のひとり息子。
フランチェスカの同級生。

イラスト　安野メイジ
デザイン　諸橋藍

II

忠臣義士の番犬従者

AKUTOVIKKA NO MANAMUSUME,
TENSEISAKI MO OTOMEGAME NO
GOKUDOVREIJOV DESHITA.

プロローグ　陽だまりの中

今日のレオナルドの寝室には、『うちのパパを守ってくれた怪我《けが》のお見舞い』と称《しょう》してやってきた、無防備な婚約者が訪れている。

彼女はレオナルドに真摯《しんし》な言葉を掛けてくれ、甘やかすように叱《しか》ってくれる、心底から愛おしい婚約者だ。あっさり帰すのが惜しくなったから、レオナルドは彼女をたぶらかした。

来月の七月に行われる期末テストについて、予想出来る範囲を教えようかと提案したのだ。

すると彼女はきらきらと目を輝かせて、『嬉しい！　レオナルドの教え方、すっごく上手だもん』と喜んだ。

大切な女の子からそんな風に言われては、裏切れるはずもない。

単なる口実だったのに、ついつい真剣に授業をすることになる。彼女と一緒に過ごしていると、レオナルドにはいくつもの『計算外』が起きるのだった。

そんな勉強会の最中、部下に指示をするため一度部屋を出たレオナルドは、戻ってきてすぐに婚約者の名前を呼ぶ。

「……フランチェスカ？」

「んんう……」

寝室の窓際には、簡単な書き物などをするためのテーブルがある。二脚並べた椅子の片方に座り、そのテーブルに突っ伏したフランチェスカは、小さな寝息を立てていた。

（席を外す時間が、思ったより長くなったからな）

レオナルドが即興で作った問題用紙は、律儀にもすべて埋められている。ひとりで問題を解き終わったあと、レオナルドの帰りを待っているあいだに、そのまま眠ってしまったようだ。

足音を立てずに傍《そば》へと行き、その横顔を見下ろした。無垢《むく》に眠っている寝顔を見ていると、ふっと思わず笑ってしまう。

「全問正解。よく出来ました」

彼女の前髪を指先で梳《す》けば、さらさらと指から零《こぼ》れてゆく。こんな風に触れたって、フランチェスカは目を覚ます気配が無い。

（本当に、君は俺の前で無防備すぎる）

その無防備さに振り回されるのと同じくらい、信頼されていると感じて手放せなくなるのだった。

「フランチェスカ。眠るなら、こっちにおいで」

小さな声で語り掛け、彼女を横抱きに抱き上げる。この部屋にはソファーだってあるのだが、迷わずにベッドの方へ連れて行った。

やさしくそこに寝かせると、フランチェスカは可愛い形の眉をきゅっと顰《しか》める。

「んんー……」

「よしよし。いい子いい子」

そう言って頭をぽんぽん撫《な》でると、ほっとしたように口元を綻ばせた。

レオナルドの好きなフランチェスカの瞳は、閉じた瞼《まぶた》によって覆い隠されている。

素直な色に透き通り、彼女の感情を正確に表す双眸《そうぼう》を見ることが出来ないのは、なんだか焦《じ》らされているようにも感じた。

「フランチェスカ」

彼女の眠りを妨げないよう、柔らかい声音でその名前を呼ぶ。

長い睫毛《まつげ》や通った鼻筋、血色の良い頬に小さなくちびる。何もかもが、嫌になるほど可愛くてたまらない。

もしも彼女に口付けたら、一体どんな顔をするのだろうか。

レオナルドが目を眇《すが》めると、フランチェスカが幸せそうに微笑んだまま口を開いた。

「……レオナルド……」

「！」

僅かに息を呑んだあと、レオナルドは笑う。

「分かっている。……『友達』だものな」

フランチェスカはレオナルドに、欲しかった光を与えてくれた。

炎の中にすら飛び込んで、この華奢《きゃしゃ》な手でレオナルドを引き戻した。

そこに恐怖心や躊躇《ちゅうちょ》はなく、何処までも真っ直ぐなまなざしで、『一緒に生きて』と言ったのだ。

「フランチェスカ。……俺は、君のことが大切でたまらない」

微笑みながら囁《ささや》いて、フランチェスカの手を取った。

くちびるではなく手の甲に、親愛の挨拶にも使うことがある口付けを落とす。

「――――……」

そうして思い出すのは、彼女を泣かせてしまった日のことだ。

フランチェスカはあの日、レオナルドが治療を受け終わるまで傍にいてくれた。

それを無理やり帰らせたのは、彼女の父親も大量に血を流しており、フランチェスカがそれを案じているはずだったからだ。

するとそれからしばらくして、フランチェスカの世話係でもある番犬が一度だけ顔を見せた。

グラツィアーノという名前の番犬は、レオナルドを静かに睨《にら》みながらこう言ったのである。

『うちの当主は怪我をして、お嬢があんなにたくさん泣いた。俺はこの一件を、何があっても看過《かんか》できません』

ちりちりと焦げ付くかのような、強い怒りを宿した目だ。

『あんたにも全力を出してもらう。それが出来ないなら――……』

『なあ、番犬』

言葉を遮《さえぎ》るようにして、レオナルドは悠然《ゆうぜん》と笑みを返した。

『――フランチェスカを傷付けた人間に対して、俺が生存を許すと思うのか？』

『……っ！』

そのときのことを思い出しながら、フランチェスカの頭を撫でる。

「早く見付けて、ちゃんと殺しておかないとな」

レオナルドはそれからしばらく、フランチェスカが目覚めるまでの間、可愛らしい寝顔を見詰めていたのだった。

1章　どきどきの夏休み

七月も終わりに近付いた、とある水曜日の午後のこと。

「終わっ、たあ…………!!」

中庭の木陰に座ったフランチェスカは、両手の拳を青空に突き上げて喜びの声を零した。

隣に座ったレオナルドは、そんなフランチェスカを楽しそうに眺めている。夏服のシャツのボタンを外し、相変わらずネクタイを緩めたレオナルドは、フランチェスカの前に右手を翳した。

「期末テスト無事終了、まずはお互いの労をねぎらおう。ほらハイタッチ」

「わあい、お疲れさま！」

ぱあんと小気味良い音を立てて、レオナルドと開放感を分かち合う。

「その様子なら、結果は上々だったみたいだな」

「うん！　今回はかなり手応えがあったの。レオナルドのお陰だね」

「ははっ！　それは何より」

レオナルドはそう言って目を細め、心の底から満足そうに笑ってくれる。あまりにもやさしい微笑みだったので、フランチェスカはどきりとした。

（本来なら私の成績なんて、レオナルドには無関係のはずなのに。……私のテストに、こんなに親身になってくれるなんて……）

どきどきと高鳴る胸を押さえ、深い幸せを噛《か》み締める。

（…………やっぱり、『友達』ってすっごく良い…………!!）

「うーん。いま何を喜んでくれているのか、大体分かる表情だなあ」

じいんと胸を震わせる中、レオナルドが何事か呟いた。よく聞こえずに彼を見上げると、「なんでもないよ」と告げられる。

「勉強を教えてくれたんだから、レオナルドにお礼をしなくっちゃ。何がいい？」

「夏休み、俺に構って遊んでほしい」

「夏休み！」

心が沸き立つその言葉に、フランチェスカは胸の前で手を組んだ。

「夏休みに私と遊んでくれるの⁉」

「それはもちろん。なにせ俺は、君の『友達』なんだからな」

「トモダチ……‼」

ふるふると震えたフランチェスカは、自分の両手で頬を押さえる。

「ともだち。うれしい。うれしい……」

「ははは！　フランチェスカは本当に可愛いな。こんなことで喜んでくれるなんて」

レオナルドの大きな手が、ぽすんとフランチェスカの頭に乗せられた。月の色をした金色の瞳は、見守るような色を帯びている。

「このままずっと、君を喜ばせ続けてやりたい」

「？」

フランチェスカは首をかしげるものの、『夏休み』の計画を考えなくてはと気を取り直した。

（学院で迎える夏休み。友達と初めての夏休み！　行きたいところもたくさん、やりたいこともたくさん、レオナルドのやりたいことも全部叶えてあげたいけど……）

ここがゲーム世界である以上、もちろん懸念《けねん》事項はある。

（ゲームシナリオの第二章。夏休み期間を中心にしたこのシナリオは、一章よりもずっと重苦しい）

それを思うと、どうしても憂鬱《ゆううつ》になってしまった。

（――だって、ゲームではこの章で人が死ぬんだ）

考えるだけで悲しくなり、フランチェスカはそっと俯《うつむ》く。

この王都を裏で取り仕切るのは、五つからなる裏社会の巨大ファミリーだ。

つい一ヶ月前、五大ファミリーのひとつであるセラノーヴァ家の当主が身柄を拘束された。

現在は、まだ十七歳の嫡男リカルドが当主となるべく進められている。その理由は、彼の父ジェラルドが『血の署名』に背き、王都に薬物を撒く事業を行ったからだ。

（私が知っているゲームシナリオでは、レオナルドが黒幕だとされていた。だけど、現実はそうじゃない）

その事実は恐らく、前世ではまだ配信されていなかったシナリオで明かされる。

ゲームの途中までしか遊べていないフランチェスカは、本当の黒幕を知り得ない。

（真の黒幕には他人を洗脳するスキルがある。私が普段信頼している身近な人が、黒幕側の人だってことも有り得るけれど……）

この一ヶ月、フランチェスカは度々悩んでいた。レオナルドにすべてを明かし、協力しあうべきではないかと考えたからだ。

前世の記憶があることや、この世界が前世で遊んだゲームシナリオに沿っていることも含めて、レオナルドに共有した方がいいように思えた。

けれどもその際のレオナルドは、フランチェスカが重大な何かを打ち明けようとしたことを察知したのか、フランチェスカのくちびるに人差し指を当てて言ったのだ。

『フランチェスカ。俺に君の「切り札」について話そうとしているのなら、今はやめておいた方がいい』

『レオナルド？　どうして……』

『敵は相手を洗脳するんだ。俺にもしものことがあった場合、君の秘密を守れなくなる恐れがある』

『……私の持っている残りのスキルについて聞いてこないのも、それが理由？』

『ははっ、君だってそうだろう。俺が他にどんなスキルを持っているか、把握しようとはしなかった』

レオナルドの見抜いた通りなので、フランチェスカはぐぬぬと押し黙った。

『お互いの秘密は、お互いのためにも守っておこう。不可抗力で知ってしまうのは仕方ないにせよ、弱みは潰しておいた方がいい』

『レオナルドは、これからも黒幕を探し続けるんだよね？』

『……』

その瞬間、レオナルドはふっと笑みを消して、何処か遠くを見るように目を眇めた。

『……そうだな』

レオナルドの父と兄が亡くなった日のことを、フランチェスカは彼の口から聞いている。

（そのときには、話してはくれなかったけれど）

レオナルドは、その一件について糸を引いていた人物が、王都で暗躍している黒幕と同じではないかと考えているのだ。

『何よりも、そいつは君を……』

『私？』

『いや。こちらの話だ』

そこで話が終わったのだが、結局のところフランチェスカは、レオナルドにこの先起こる出来事を伝えられていない。

（二章で起こる出来事で、殺されてしまう人がいる。黒幕の存在に近付きたいのは勿論だけれど、その人を絶対に死なせたくない。だって、殺されてしまうのはグラ……）

そのときちょうど、中庭を囲う校舎の陰から、ひとりの人物が姿を見せた。

「お嬢」

「グラツィアーノ！」

フランチェスカの弟分は、隣にいるレオナルドを丁寧に一度睨み付ける。一方のレオナルドは楽しそうに笑い、グラツィアーノを相手にしていない。

「一年生もテスト終わった？　お疲れさま！」

「いいえ、寝てたんでまったく疲れてないです。そんなことよりもお嬢、当主からの伝言が」

その言葉に内心ぎくりとした。グラツィアーノが口にしたのは、フランチェスカが想像した通りの言葉だ。

「今日これから、王城へ登城するようにとの命令が下ったそうです。当主と、俺と……お嬢もだって」

「命令、って、誰の……」

「呼び出し先が王城ですから、それはもちろん」

グラツィアーノは溜め息をついて、ゲームシナリオ第二章で登場する存在を口にした。

「この国の、『国王陛下』がお呼びです」

（……やっぱり、シナリオが始まっちゃうんだ……）

確実に迫り来る運命に、フランチェスカはくちびるを結ぶ。

「…………」

そんなフランチェスカの様子を、レオナルドは静かに見据えていた。

＊＊＊

ゲームのメインストーリーでは、章ごとに主役として描かれるキャラクターが違っている。

ゲームシナリオにおける『二章』のメインキャラクターは、この世界におけるフランチェスカの弟分グラツィアーノだった。

（この世界とゲーム世界は違う。第二章での違いのひとつ目は、ゲーム主人公にとってのグラツィアーノは、数ヶ月前に初めて会ったばかりの人物だっていうこと）

ゲームのフランチェスカは家から遠ざけられ、遠い町で暮らして、十七歳のときにこの王都へと戻ってくる。一方グラツィアーノが拾われるのは、幼いフランチェスカが追い出された後だ。

そのためゲームのグラツィアーノは、『生意気で無愛想。フランチェスカに冷たい態度を取る、接しにくいお世話係』なのだった。

（だけど……）

父について王城の廊下を進みながら、フランチェスカは振り返った。

「？」

フランチェスカの後ろを歩いていたグラツィアーノが、顔を上げて瞬きをする。

（んふふ。不思議なものを見てるときの猫も、あんな感じで首をかしげるよね）

その様子は一見すれば無愛想だが、実際はちゃんと気を許してくれている様子が窺えた。

「なーんすか。お嬢」

グラツィアーノはフランチェスカのすぐ後ろに並ぶと、小さな声で囁いてくる。

「人の顔見てにやにやと。ご機嫌ですね」

（いけないいけない。正直に言ったらグラツィアーノが拗《す》ねちゃう）

可愛いものに例えることは厳禁なので、フランチェスカはふるふると首を横に振った。

「な、なんでもないよ。今日のグラツィアーノこそ、いつもよりご機嫌なんじゃないかなと思って！」

「俺が？」

「最近なんだか不機嫌というか、複雑そうな顔してること多かったでしょ？　きっと、私がレオナルドと一緒にいるからだよね」

「………………」

レオナルドの名前を出した途端、すん……とグラツィアーノが目を細める。

「別にそんなことないっすけど？　ちっとも。全然。まったくもって」

（どう見ても大正解だけど……!?）

「フランチェスカ。グラツィアーノ」

数歩先の父が歩きながら、フランチェスカたちを振り返った。その視線を受け、グラツィアーノとふたりで背筋を正す。

「間も無く謁見の間だ。陛下に拝謁《はいえつ》する準備はいいな？」

「陛下にお会いするの、久し振りだから緊張するけど……大丈夫だよパパ！　ね、グラツィアーノ」

「俺はまだ、自分がなんで呼ばれたか分かんない気持ちもありますね。当主、本当に俺が国王陛下にお目にかかってもよろしいのですか？」

「構わない。今回の件はグラツィアーノ、当家ではお前が最も適任だ」

「……？」

怪訝そうなグラツィアーノとは対照的に、フランチェスカは知っている。グラツィアーノが『適任』である理由は、この後すぐに明らかになるのだ。

重厚な扉を前にして、父が静かに立ち止まる。

「――これより陛下に拝謁する」

父は正装の手袋をぐっと引き嵌《は》め直すと、扉の横に立つ王城警備員に視線を送る。

彼らが両開きの扉を開け放せば、その向こうには大理石の空間が広がった。

金色に輝く玉座に向かって、赤い絨毯《じゅうたん》が延びている。階段の前に跪《ひざまず》いている人物の背中は、フランチェスカたちもよく知る人物のものだ。

（レオナルドだ！）

どうやら彼の方が先に着いていて、フランチェスカや国王を待っていたらしい。

父は意外そうな顔をし、グラツィアーノはあからさまに嫌そうだ。ふたりの様子に苦笑しつつも、フランチェスカは父のあとについて謁見の間を進んだ。

（こういう会合では、いつもわざと遅れてくるのがレオナルドだもんね。さすがに国王陛下にはそうしないのかな？）

レオナルドの隣に父が跪く。フランチェスカもそれに合わせ、父の後ろで両膝をついて頭を下げようとした。そのとき、レオナルドがさりげなくこちらを振り返る。

「！」

フランチェスカに送られたのは、ささやかなウィンクだ。

（目配せの合図！　すごい、こういうのも友達っぽい……!!）

ぱあっと笑顔を作ったら、ウィンクの返事はそれで十分らしかった。

レオナルドが笑いを堪えるような表情のあと、再び前を向く。フランチェスカも目を瞑《つむ》った後ろでは、グラツィアーノも跪く姿勢を取ったはずだ。

やがて奥の扉が開き、靴音が響いた。

小さくて軽い足音が、こちらに近付いて来る。やがて玉座に掛けたあとで、王の声がした。

「――よく来たな。お前たち」

そのくちびるから紡がれる声音は、高くて柔らかい音を持つ。

一国の王と聞いて想像するような、成人男性の声ではない。女性のものにも聞こえそうな、透き通った少年の声だ。

少年の声は、まずフランチェスカの父にこう問い掛けた。

「顔を上げろエヴァルト。ここしばらく臥《ふ》せっていたお前が、どれほど元気になったか見せておくれ」

「は、陛下。……私めを気に掛けていただいたこと、痛み入ります」

「うん。顔色も以前より良くなった、もう心配はなさそうだな。可愛い娘のためとはいえ、あまり無理をするものではないぞ？」

幼い子供の声が述べるのは、フランチェスカの父を案じつつも、まるで父を子供のように扱う言葉だ。

「それとアルディーニ。お前も随分無茶をしたと聞いている」

「滅相《めっそう》もございません陛下。陛下の忠実なる臣下として、当然の働きをしたまでですので」

「ははっ。この国の王である私の前で、こうも堂々と戯言《ざれごと》を口にするのもお前くらいのものだぞ」

（うん。私も陛下の言う通り、嘘《うそ》だと思う……）

頭を下げつつ考えているフランチェスカに、少年の声音が告げた。

「フランチェスカよ。学校は楽しいか？」

「はい、陛下。お友達が出来て、毎日とても充実しています」

「ははは、何よりだ。幼子は日々健やかに、遊びながら学んでいってこそだからな」

（幼子……！）

「お前の世話係も、少し見ない間に背が伸びた。子供はやはり成長が早い」

「勿体無いお言葉です、陛下」

少年の声で『子供』と呼ばれても、グラツィアーノが機嫌を損ねる気配はない。

この国の王は膝下《しっか》を見渡すと、高く澄んだ声で告げた。

「さあ、青二才に若造に幼子たち。畏まることはない、元気な顔を見せておくれ」

その言葉に、フランチェスカたちは顔を上げる。目の前の玉座に腰掛けているのは、声から想像する通りの少年だ。


八歳くらいの見た目をした男の子が、小さな玉座に堂々と座っている。


さらさらした髪は桜色で、短く切り揃えられていた。その頬は柔らかな輪郭を描き、端的にいえばぷにぷにとしていて、その手足は華奢だ。

大きな瞳に長い睫毛と、ちいさなくちびる。絶世の美少年であるこの少年こそ、この国の国王ルカ・エミリオ・カルデローネ九世だった。

けれども彼は、見た目通りの八歳の男の子などではない。

「みな楽にしていいぞ。菓子でも食うか？　こちらにおいで、子供たち」

「陛下。お言葉は有り難いのですが、直々に賜るのは娘たちにとって恐れ多く――……」

「遠慮するなエヴァルト。お前も昔はよく私が、たくさん菓子をやっただろう？」

国王ルカはそう言って、くすくす笑う。

「ここにいる子供たちは皆――百年生きるこのじじいからしてみれば、可愛い孫みたいなものだ」

信じられないことではあるが、ルカは八歳の見た目でありながら、中身は百十二歳なのだそうだ。

(ルカさまの持つスキルは、この国全土の守護と繁栄に関わるもの)

まさしく王にふさわしい、とても強力なスキルだそうだ。その内容は国家機密とされ、ゲームシナリオでも全貌は明かされていない。

だが、その強力なスキルの効果と引き換えに、デメリットが存在する。

(ルカさまのスキルは発動中、使用者が年を取らないんだよね。だからルカさまは、十歳でスキルが覚醒して以降見た目の年齢が止まってる)

それだけではなく、発動条件も設定されていた。

(このスキルは『最後の王』だけが使えるもので、この国の王家の血を引く人が他にいると使用不可。つまりこの国の王家の血を引く人は、ルカさまが最後のひとりな上に、スキルを使う限りは子孫を残せない……王さまにとっては致命的なデメリットだけれど、それでもルカさまはスキルを使って、この国や国民を守り続けることを選んだ)

そんなルカのことを、フランチェスカは尊敬している。だからこそ、そんな国王から『孫』と呼ばれて可愛がられることは、少し恐れ多くもあるのだった。

「ありがとうございます陛下。お菓子は後ほど、是非いただきます」

「フランチェスカ。何度も言っているだろう?」

玉座の肘掛けに頬杖をついたルカは、優美に笑う。

見た目は確かに幼い少年なのだが、ルカの所作や表情からは、長年生きた人の持つ威厳《いげん》が滲《にじ》み出ていた。

「孫がじじいを『陛下』などと呼ぶのは、いかにも他人行儀でさびしいじゃないか。お前が小さかった頃のように、またルカと呼んでおくれ」

「ううう。ですが、その呼び方は……！」

初めてルカに謁見したとき、つい口を滑らせてしまったことを思い出して恥ずかしくなる。あれはフランチェスカが記憶を取り戻してから一年ほどが経った、六歳の頃のことだ。

『お初にお目にかかります、ルカさま。フランチェスカ・アメリア・カルヴィーノと申します』

『ルカさま？　……ははは っ、それはいい！　我が名を呼ばれたのは随分と久々だ、なあエヴァルト？』

よくよく考えてみたならば、一国の王を名前で呼ぶ国民はあまり居ない。そのことに気が付いたフランチェスカは、顔面蒼白になった。

（ゲームユーザーの間では、『ルカさま』呼びが定着しちゃってたから……!!）

幸いにしてルカは面白がり、フランチェスカにそう呼ぶことを許してくれた。

当時は安堵《あんど》したものの、こうして十七歳になってもまだ幼い頃の呼び方をするように言われてしまうのは、中々に恥ずかしい。

フランチェスカが慌てていると、レオナルドがひらっと手を上げた。

「陛下。それでは俺もルカさまとお呼びしたく、いかがでしょう？」

「れ、レオナルド？」

「おお、もちろん構わぬぞ！　当主を継いだ身であろうと、お前も可愛い私の孫だ」

「では陛下、俺もよろしいですか？」

「グラツィアーノまで……！」

「当然だとも。ははは、こうして孫たちに懐かれるのは嬉しいものだな」

レオナルドとグラツィアーノの申し出により、ルカは玉座でご機嫌だ。そんな様子を見た父が、小さく息を吐いてから進言する。

「陛下の寛大《かんだい》なお言葉、感謝致します」

「お前もそう畏まるなと言っただろう？　エヴァルト。私から見れば、お前もまだまだ可愛い青二才だぞ」

（うちのパパを『青二才』なんて呼べるのは、世界中探してもルカさまだけだよね）

フランチェスカはしみじみしつつ、レオナルドとグラツィアーノを見遣《や》る。

彼らはきっと、フランチェスカだけが違う呼び方をしなくてもいいように、自分たちも名乗りを上げてくれたに違いない。

「つきましては、陛下」

ルカを見上げる父の声が、これまでと違った響きを帯びる。

ルカも口元に笑みを宿したまま、華奢な足を組んで目を眇めた。

「うむ、役者は揃った。――始めよう」

その場の空気がいきなり変わり、引き締まって張り詰めたものになる。それを肌で感じながら、フランチェスカはルカを見据えた。

ルカは、その桜色の睫毛に縁取られた瞳を伏せて口を開く。

「とある侯爵家の当主である男が、殺し屋に命を狙われているようだ」

この場に揃った面々は、顔色ひとつ変えはしない。ルカはそれを笑って眺めながら、命令を続けた。

「この国の民はみな、私の子であり孫である。おめおめと殺させてやる訳にはいかないのでな、手を打ってもらいたい。……その侯爵の名は……」

ルカのまなざしが、エヴァルトやレオナルドを素通りする。その後ろにいるフランチェスカを越え、最後部にいるグラツィアーノが注視された。

「ジェネジオ・アルバーノ・サヴィーニだ」

「…………」

グラツィアーノが息を呑んだ気配がする。フランチェスカは胸が痛くなり、俯いた。

（グラツィアーノは驚くよね。だって）

思い出すのは幼い頃、この家に来たばかりのときに、傷だらけで泣いたグラツィアーノの姿だ。

（……狙われているサヴィーニ侯爵は、グラツィアーノのお父さん……）

娼婦《しょうふ》だったグラツィアーノの母を捨て、再会した小さなグラツィアーノを手酷い手段で追放した、そんな男だ。

四歳の頃に母を亡くしたグラツィアーノは、誰も頼る相手のいない中、たったひとりで生きてきた。

貧民街で生き延びるのは、幼い子供にとって大変なことだっただろう。それでもグラツィアーノは、自分と母を捨てた父を恨んだりしなかった。

懸命に育ててくれた母が、最期まで父のことを想っていたからだ。

『どうかそんな風に泣かないで、グラツィアーノ。……お母さんは幸せだったの。あの人に出会えて……だからあなたを産むことが出来て、本当に……』

ひとりぼっちになったグラツィアーノは、六歳になったときにとある男性と擦れ違う。

自分と同じ茶の髪に赤い瞳。そして、母がとても大切にしていたブローチと揃いの意匠《いしょう》である、鳥の羽が彫られた瑠璃色のブローチ。

何よりも自分に似た面差しが、あれを父だと気付かせた。

『……おとうさん……』

小さなグラツィアーノは、父のことを必死に追い掛けた。

そのときは何も、父に助けてほしかった訳ではない。家に連れて帰ってほしいとも、生きていくための金銭を渡せとも、食べ物を恵んでほしいとも思わなかった。

ただ少しだけ、伝えたかったのである。

母が最期まで、父のことを大好きだったこと。出会えてよかったと言っていたこと。グラツィアーノも父がいてくれたお陰で、母の子供に生まれることが出来たのが嬉しいこと。

それさえ伝えられたのなら、グラツィアーノは他に何も望まなかった。

けれども上品な身なりの父は、最初は憐れむような目でグラツィアーノを見下ろした後、はっと息を呑んだのだ。

『お前は……』

その直後、穢《けが》らわしいゴミを見るような目でグラツィアーノを睨み付けると、傍に居た従者らしき男に叫んだ。

『この子供が、私の財布を盗もうとしたぞ！』

『え……』

小さなグラツィアーノは立ち尽くす。父の双眸に浮かんでいたのは、心底からグラツィアーノを疎《うと》む感情だった。

『我が屋敷の周辺に、こんな汚い子供がうろついているのは迷惑だ。――ラニエーリ家に遣いを出せ！　貴殿たちの縄張りで盗みを働いている孤児がいる、とな！』

『…………！』

グラツィアーノが住んでいた貧民街も、グラツィアーノの父が生活している場所も、五大ファミリーのひとつであるラニエーリ家の縄張りだ。

ラニエーリ家の構成員は、小さなグラツィアーノを容赦なく折檻《せっかん》した。

グラツィアーノは殺されかけ、命からがらカルヴィーノ家の縄張りまで逃げ出してきたところを、フランチェスカの父に拾われる。

（ここにいるグラツィアーノの口から、全部を詳しく説明された訳じゃないけど……ゲームでグラツィアーノと絆を深めると、イベントでこのことが明かされる。だから、何があったのかは分かってる）

フランチェスカは振り返りたいのを我慢して、代わりに父の背中を見た。

（パパもルカさまも知ってること。だからふたりはこの暗殺予告の調査担当として、グラツィアーノを任命する……）

この点は、ゲームと同じ流れだった。

（ゲーム第二章。グラツィアーノのお父さんの暗殺事件を防ぐために、グラツィアーノと主人公が一緒に行動するエピソードだけど）

フランチェスカは、ちらりと斜め前の人物を見遣る。

（私とグラツィアーノが幼馴染になっちゃっていることの次に、『ゲームと決定的に違うこと』のふたつ目。……この場にレオナルドがいること、なんだよね……）

そんなことを考えるのと同時に、当のレオナルドが笑って言った。

「ご質問をよろしいですか？　ルカさま」

（レオナルド）

国王を相手にまったく緊張していない、自然な振る舞いだ。

フランチェスカは小さな頃から、父に連れられてルカに会いに来ていた。

けれども恐らくレオナルドは、当主を継いだ十歳以降、きっとひとりでルカの前に立っていたのだろう。重圧が間違いなくあったはずなのに、そんなことは微塵《みじん》も感じさせない。

「この件でラニエーリ家をお呼びでない理由については、一介の構成員であるはずの番犬がこの場にいる時点で察しているのですが……」

(レオナルドは気が付いてるんだ。グラツィアーノが呼ばれた理由が、狙われている侯爵の隠し子だからだっていうことに)

ひょっとしたら、サヴィーニ侯爵の顔を見たことがあるのかもしれない。レオナルドは、なんでもない表情で笑って言う。

「俺もお呼び立ていただいた理由はいかようなもので？　もしや……」

「うむ」

国王ルカは微笑んで、こちらに告げた。

「この度の暗殺騒動。カルヴィーノ家とアルディーニ家による、合同での調査を命じる」

(うちの家と、レオナルドの家で⁉)

その言葉に、フランチェスカは目を丸くした。

(ゲームではこんな話になったりしない。だってシナリオ上は、この暗殺だってレオナルドが黒幕っていうことにされていて……)

本当はそうではないことを、いまのフランチェスカは知っている。

とはいえ、ここから先のエピソードに『レオナルドとの合同調査』が加わった場合、どんな展開になるのか想像が付かなかった。

「ご命令、謹んでお受けいたします」

レオナルドはその言葉を受け、フランチェスカの父を見遣る。

「カルヴィーノ家の考えもあるでしょうが。そちらも問題はありませんか？」

「……お前は以前まで、私にそのような言葉遣いをしていなかったと思うが」

「いやあ、未来の義父に対しては猫被っておくべきかなと。それに、あなたにある程度の敬意は払う方針にしたんです」

不機嫌そうな父の声に対し、レオナルドの返答は軽やかだ。その上で彼は、フランチェスカのことを振り返る。

「……愛しい婚約者の大切なものは、俺も大切にすることにしたので」

（つ、レオナルド……！）

その微笑みがあまりにも穏やかで、フランチェスカはこくりと息を呑んだ。

（確かにパパやグラツィアーノの前では、最初から契約で決まっている『婚約者』の関係を強調していくことになってるけれど……！）

フランチェスカとレオナルドは友達だ。

けれども父にとっては、『娘の政略結婚相手』よりも『娘が自分の意思で選んだ男友達』の方が許せない存在らしく、フランチェスカはレオナルドが男友達であることを隠している。

「未来の奥さんに良いところを見せる機会とあれば、張り切らない訳にはいかない。アルディーニ家の総力を以て、ルカさまのご命令を遂行いたします」

「ははは っ、頼もしいなアルディーニ。お前の本気が見られるのは珍しい、期待しているぞ」

「――お待ちください」

そのとき声を発したのは、フランチェスカの後ろでずっと口を噤《つぐ》んでいたグラツィアーノだった。

(グラツィアーノ……やっぱり、複雑だよね)

ゲームのシナリオでも、グラツィアーノはこうした形で自分の父と関わることや、父を守らなくてはならないことに葛藤を抱えていた。

ルカたちは、その葛藤こそがグラツィアーノの成長に必要なことだと判断したのだろう。しかし姉代わりのフランチェスカにとっては、どうしても胸が痛んでしまう。

(この件に抵抗があるようなら、無理しなくていいって伝えてあげたい。本当はこんなこと後で言うべきなんだろうけど、無理にこの場で頷かせるのは駄目だ)

フランチェスカは振り返ると、ごくごく小さな声で呼び掛ける。

「グラツィアーノ。あのね、嫌だったら……」

「……ルカさま、当主、ひとつだけご相談をよろしいですか」

「む?」

申してみよ、とルカが頷いた。グラツィアーノはそれに礼を述べると、はっきりとした声で言う。

「アルディーニ家と、『合同調査』とのお言葉ではありますが。俺は……」

グラツィアーノの双眸が、真っ直ぐにレオナルドを睨み付けた。

「――お嬢の婚約者と協力するよりも、敵対して勝負したいです」

「……えっ⁉」

「へえ？」

王の御前だというのに、フランチェスカは素っ頓狂な声を出してしまう。フランチェスカの父エヴァルトが、淡々とグラツィアーノを呼び咎めた。

「……グラツィアーノ」

「ははっ！　良いではないか、エヴァルト」

国王ルカは小さく笑い、グラツィアーノを悠然と見下ろす。

「勝負とな、面白い。どんなものなのか話してごらん」

「単純です。どっちが先に陛下……ルカさまのご命令を果たせるか、俺とアルディーニが競うというのはいかがでしょうか」

「ふむふむ。つまりはシンプルに、アルディーニとグラツィアーノでの競争ということだな」

「な、何言ってるのグラツィアーノ！」

フランチェスカは慌ててしまった。こんなに聞き分けのないことを言い始めるなんて、いつものグラツィアーノらしくない。

「競争なんてしてる場合じゃないでしょ？　狙われてるのはグラツィアーノの……」

「俺は別に構わないぜ、フランチェスカ」

「レオナルドまで！」

レオナルドは完全に楽しんでいる。満月の色をした金の双眸が、面白そうに眇められた。

「君以外の誰かと手を組むよりは、争った方が動きやすい。あなたはどうお考えですか？　カルヴィーノ当主殿」

フランチェスカの父は表情を変えず、代わりに溜め息をついてから口を開いた。

「私の考えなど詮《せん》の無い話だ。何しろ陛下が既に、この状況を楽しんでいらっしゃる」

「ははは。そうさなあ、実に愉快だ！」

本当に上機嫌のルカは、玉座の背もたれに体を預けて言う。

「――先の一件。セラノーヴァ家前当主ジェラルドの起こした薬物騒動において、お前たちの働きは見事だった」

（……リカルドのお父さんが起こした、あの事件……）

ほんの一ヶ月前に起きた出来事を思い出し、フランチェスカは身が引き締まる。

父やレオナルドが死に掛け、炎の中でジェラルドと対峙した日のことは、当面忘れられそうにない。

「これまでの五大ファミリーは縄張り意識も強く、互いに協力し合うという性質を持たなかっただろう？　だがお前たちカルヴィーノ家とアルディーニ家は、なかなかに相性が良いようだ。掛け合わせれば良い循環が生まれると、そう期待している」

だからこそ今回の暗殺騒動の調査において、ゲーム通りのフランチェスカたちだけではなく、レオナルドも呼ばれているのだろう。

（リカルドのお父さんの一件で、レオナルドが協力してくれたから。ルカさまはその結果を見て、今回両家を組ませようとしている……）

ゲームとは違う出来事を起こしたからこそ、ゲームとは違う流れが生まれていた。

美少女とも見紛うルカの瞳が、フランチェスカのことを見下ろす。

「その鍵はお前さんだ。フランチェスカ」

「そ、それは……」

転生の事実が知られているはずもないのに、思わずぎくりとしてしまった。

「フランチェスカがいたからこそ、アルディーニが本気で動いたのだろう？　お前の父エヴァルトも同様。愛娘からの頼みがあってこそ、ジェラルドを抗争などですぐに殺さずに、論理的に追い詰めることにした。その判断があったからこそ『管理人』たちの裏切りが分かり、適切な処分をすることが出来たのだ」

父とレオナルドが、共にフランチェスカを振り返った。ふたりのやさしい眼差しが、過大評価に感じられて居《い》た堪《たま》れない。

（パパもレオナルドも、私を買い被りすぎてるから……！）

「この調査にはフランチェスカ、お前も参加してほしいと思っている。家業とは関わり合いになりたくないというお前には、少し酷《こく》かもしれないがな」

「い、いえ！　もちろん参加します！」

ルカに頼まれるまでもなく、フランチェスカは決めている。

たとえ平穏な生活を望んでいても、ゲームで『主人公フランチェスカ』によって助けられるはずの人々を、いまのフランチェスカが切り捨てることはしない。

ゲームシナリオから逃げる以上、その責任は果たすべきなのだ。

(もっとも、いまの状況が『ゲームシナリオから逃げられている』って言えるかどうかは怪しいけれどね!!)

何しろしっかり巻き込まれている。内心で半べそをかきつつも、フランチェスカは腹を括った。

そんなフランチェスカを見て、グラツィアーノが改めて言う。

「お嬢が参加なさるなら尚更です。俺はアルディーニと勝負をする形で、陛下ならびに当主からのご命令を果たしたく」

「まったく、熱烈だな」

グラツィアーノが静かに睨むと、レオナルドは余裕たっぷりの笑みを浮かべた。

「いいぜ? 遊んでやろう、フランチェスカの番犬」

「……決まりっすね」

(な、なんか変な空気になってる!!)

ぴりっとした緊張感が迸《ほとばし》る。フランチェスカは慌てて助けを求め、父のことを見上げた。

「どうした? 何か困っているのか、フランチェスカ」

「パパ! すごく困ってる、だってこのままじゃ――……」

「困っているなら一大事だ。なんでも言いなさい」

父の声音は穏やかだ。娘の我が儘を聞き入れるべく、一切の迷いなくこう言い切る。

「――お前の願いのためならば王にすら背き、抗争でもなんでも起こしてやるからな」

「ううんパパ!!　レオナルドとグラツィアーノの勝負がどうなるか、私すっごく楽しみだなあ!!」

「はははははは。お前たちは本当に可愛い子供たちだ、なんと愛おしい！」

寛大すぎる国王で、本当に良かった。

フランチェスカはそんな安堵を抱えつつ、大量のお菓子をルカから貰って、謁見の間を後にしたのだった。

＊＊＊

夏の風に木立が揺れる中、馬車の御者が馬に水を飲ませ終えるのを待ちながら、フランチェスカは呆然と呟いた。

「どうしよう。グラツィアーノが本格的な反抗期だ……」

「だーれが反抗期ですか。子供扱いしないでもらえます？」

王城内にあるロータリーには、父エヴァルトとレオナルドの姿はない。

ふたりは当主として、国王ルカと別の話があるとのことで、フランチェスカたちだけが帰されたのだ。

「何言ってるの。これは立派な反抗期だよ！」

フランチェスカは顔を上げると、両手を腰に当ててグラツィアーノを見上げた。

「グラツィアーノがあんなことを言い出すなんて、思ってもみなかった。それもルカさまやパパの前で！」

「陛下は余興《よきょう》めいたことをお好みですし。当主はお嬢に直接関わること以外は、『結果こそすべて』って主義ですから……あの場でこういうのを問題にするの、お嬢くらいっすよ」

「い、いつもはグラツィアーノの方が常識人のはずなのに……！　だけど分かってるでしょ？　今回の件は、グラツィアーノのお父さんが」

「俺は」

フランチェスカの言葉を遮るように、グラツィアーノが口を開いた。

「父親のことなんてどうでもいいです。今更」

「……グラツィアーノ」

そのまっすぐなまなざしは、傷だらけで泣いていた小さな男の子のものとは違う。

だからこそ、フランチェスカも言い切った。

「――っ、そんなのは当然だよ！」

「！」

グラツィアーノが目をみはる。

フランチェスカはこれだけは分かってほしくて、必死に続けた。

「グラツィアーノにひどいことをしたお父さんを、息子だから助けなきゃいけないだなんて、そんな決まりはない。――絶対にない！」

「……お嬢」

こちらを見詰めるグラツィアーノの瞳が、ほんの僅かに揺らいだ気がした。フランチェスカはこの大きな弟分に、子供の頃と変わらない調子で続ける。

「だからこそなの！　本当はもう関わりたくないお父さんに向き合うために、『レオナルドとの勝負』っていう理由を付けて頑張ろうとしてるなら、すぐに止めよう？」

「……」

そうするとグラツィアーノは、目を伏せるようにして微笑んだ。

「……お嬢はいっそ笑えるくらいに、俺のことをよく分かってますよね」

「え？」

フランチェスカが首を傾げると、グラツィアーノの表情はすぐに元の冷静なものに戻る。

「言ったでしょ、父親のことなんかどうでもいいって。守りたいって気持ちが無いのと同じくらい、関わりたくないって感情すらありません」

「でも」

「そんなことよりも、重要なのはお嬢の未来ですから」

グラツィアーノの赤い瞳が、フランチェスカの後ろを見遣った。

七月終わりの透明で眩しい日差しが、ロータリーの石畳を照らしている。

けれどもその人物が纏う黒色は、それらの光をすべて吸い込んで、掻《か》き消してしまっているかのようだ。

（レオナルド）

黒髪の美しい青年が、こちらに向かって歩いて来ている。

フランチェスカと目が合った彼は嬉しそうに微笑んで、ひらりと手を振った。それを見たグラツィアーノが、レオナルドを睨む。

「……俺はまだ、あの男がお嬢の婚約者として信用出来るかは、疑わしいと思ってるんで」

(グラツィアーノは、私とレオナルドが友達だってことを知らないんだもんね……)

「だからあいつとの『勝負』で見極めます。たとえ反抗期だろうと、そういう心配くらいはさせてください」

グラツィアーノはそのあとで、ぽつりと言った。

「……俺はあんたの、弟なんでしょ」

(あ)

拗ねているかのような声音を聞いて、フランチェスカは納得する。

(考えてみれば私、レオナルドと登下校するためにグラツィアーノを置いていったり、レオナルドとふたりだけでアイスを食べたり……。グラツィアーノだって、寂しくもなるよね)

そのことを申し訳なく思い、項垂《うなだ》れた。

「ごめんねグラツィアーノ。私、グラツィアーノをひとりぼっちにしていたかもしれない」

「は？　いや、そういう話はどうでもよくて……」

「フランチェスカ」

目の前に立ったレオナルドが、フランチェスカの少し上に手を翳《かざ》した。それを不思議に思うと同時に、じりじりと照り付ける暑さが減ったのを感じる。

「こんな所に立っていたら、綺麗な肌が日焼けするぞ？　君が痛みに苦しんでは大変だ、こっちにおいで」

「ひょっとして、レオナルドの手で日陰を作ってくれてるの？　ふふっ、ありがと！」

謎の気遣いがおかしくて笑えば、すぐにグラツィアーノが前に出た。

「俺だってそれくらいは出来ますけど？」

「はは、どうした番犬。フランチェスカのことなら俺に任せて、任務に集中した方がいいんじゃないか？」

（そうなんだよね。グラツィアーノはああ言ってたけど、この件は『勝負ごっこ』で片付ける訳にはいかない）

じゃれ合うレオナルドたちの横で、シナリオを知っているフランチェスカは考え込む。

（レオナルドが味方でいてくれることや、グラツィアーノと幼馴染になっているっていう違いはあるけれど、大枠はゲームと同じ出来事が起こっている。だけど、ゲーム第二章の『暗殺騒動』では……）

きゅっとくちびるを結び、シナリオを読んだときの感情を思い出した。

（グラツィアーノのお父さんは……メインストーリー上で、絶対に殺されてしまう）

その死は強制イベントだ。

主人公がどんな選択肢を選ぼうと、プレイヤーがどれほどキャラクターを育成しようとも、どうあったってその死は避けられない。

（主人公に無愛想なお世話係グラツィアーノと、少しずつ距離を縮めていくのが第二章。クライマックスで起こるお父さんの死亡イベントをもって、グラツィアーノと主人公の間に絆が生まれる訳だけれど……）

しかし、フランチェスカは決めていた。

（絶対にその死は回避する。グラツィアーノは無理にお父さんに関わらなくていいし、助けなくてもいいけれど、それでも私は）

死ぬと分かっている人を、みすみす放っておけるはずもない。

（平穏で平凡な人生のためには、『誰かを見殺しにする』なんて駄目だ。私の普通な生き方のためにも！）

それに今回は、ゲームシナリオ内できちんと危機を回避できる内容だった一章とは違う。

（シナリオ通りでは駄目なんだから、ゲーム知識だけで進める訳にはいかないよね。レオナルドの力を借りられることは幸運……だった、はず、なのに……）

ぐいっとレオナルドに引き寄せられて、フランチェスカは目を丸くした。

「帰っていいぞ番犬。俺とフランチェスカは婚約者同士、ふたりで協力して暗殺事件を防ぐから」

「わあ！　レオナルド!?」

続いてむっと眉を顰めたグラツィアーノが、レオナルドからフランチェスカを引き剥がそうとする。

「うちのお嬢に無断で触らないでもらえます？　まだ結婚前でしょ、当主が見たらブチギレますよ」

「グラツィアーノまで……！」

「生憎そちらの当主には、『娘を頼む』とお許しをいただいているんでね。婚姻の前から仲睦まじい方が、父親としても安心だろう？」

「そもそもが、お嬢の意思を無視した婚約だ」

「ははっ！　だが、フランチェスカが拒まなかったから今も続いている」

「……っ」

白熱しつつある争いに挟まれて、フランチェスカは大きく息を吸い込み叫んだ。

「──ふたりとも！　王城内で、変な喧嘩をするのはやめて！」

本当に、この先の調査が思いやられることこの上ない。

2章　その森の秘密

「暗殺対象、君の番犬の父親なんだろう？」

「……」

レオナルドが放った一言に、フランチェスカは瞬きをした。

王立学院は今日をもって、約一ヶ月半の夏休みに入る。終業式に出なかったレオナルドは中庭の木陰で寛《くつろ》ぎながら、フランチェスカが探しにくるのを待っていたらしい。

校舎の廊下を歩いていたフランチェスカが窓から顔を出すと、レオナルドは嬉しそうに笑ったあとで、先ほどの一言を述べたのだった。

窓枠に手を掛けたフランチェスカは、校舎の壁を背凭れに座っているレオナルドを見下ろして尋ねる。

「そのこと、ルカさまに聞いたわけじゃないよね」

「ああ。あの場の君たちの反応を見ていれば、大体の事情は察せられる」

こちらを仰ぐレオナルドは、目を眇めた。

「そもそも君の番犬は、暗殺対象のサヴィーニによく似ているからな。俺もサヴィーニ侯爵は遠目に見たことがある程度だが、あいつと同じ髪色に瞳の色、それから顔立ち。よく知らない人間が遠目に見れば、同一人物と間違えるほどだ」

「……そっか。じゃあやっぱり、一目で親子って分かっちゃうんだね……」

だからこそ幼い頃のグラツィアーノは、サヴィーニ侯爵を父だと判断出来たのだろう。同じ理由で侯爵も、その少年が自分の息子であると察せられたに違いない。

「見た目が似ていることもそうだが、我らが国王ルカさまも食わせ者だからな。もっとも君の番犬は、父親のことなんか眼中に無いようだが」

「んんん……」

フランチェスカが同意しかねるのは、ゲームにおけるグラツィアーノのエピソードを知っているからだ。

（ゲームのグラツィアーノは、表面上は平気そうに見えても、お父さんの件で傷付いたままだった。なら、この世界のグラツィアーノは……？）

「……」

歯切れの悪いフランチェスカに、レオナルドが立ち上がる。窓越しにフランチェスカと向かい合うと、にこっと笑った。

「フランチェスカは、俺をどう動かしたい？」

「え？」

思わぬ問いに、きょとんとする。

「どう、って……」

「ルカさまも仰っていた通り。今回の調査において、鍵を握るのはきっと君だ」

月の色をしたレオナルドの瞳は、底知れない光を宿している。妖艶《ようえん》にも感じられる暗さを帯びていて、まるで魔性だった。

「薬物騒動において、君はお父君やリカルドに頼み事をした。……それらはすべて、セラノーヴァ前当主を犯人として追い詰めるために必要なことだったな」

レオナルドは目を細め、フランチェスカの頬に触れる。

その指は、とてもやさしい。

「どうやら君は、俺たちが知り得ない情報を持っていた」

「レオナルド。そ、それはね」

「おっと。言っただろう？　君自身を守るためにも、君の秘密を明かす必要は無いって」

フランチェスカのくちびるの前に、レオナルドの人差し指が翳される。

「あの番犬も、君の言う通りに動くはずだ。……だから俺も、フランチェスカに使われてみたい」

冗談に見せ掛けたその声音には、はっきりとした本音が込められていた。

「俺には何を命じてくれる？　フランチェスカ」

その微笑みは人懐っこく、確かな慈愛に満ちていた。

それなのに試すような口振りで、フランチェスカを揺さぶろうとする。

「俺をどんな風に動かそうと、すべてが君の思うままだ」

「────……っ」


五大ファミリーにおいて、最も強大な武力を持つアルディーニ家の当主が、ただの少女にすぎないフランチェスカへとそう告げた。

（レオナルドと親友になれて、過去にあったことや想いを知って。レオナルドのことを少しは理解出来たんじゃないかって、思ってたけど……）

目の前に立っている美しい青年が、いまは知らない人にも見える。

（やっぱりまだまだレオナルドには、私に見せていない顔がある──……）

頭ではなく本能の部分が、レオナルドへの警戒信号を発している。

けれどもフランチェスカは怯《ひる》まずに、レオナルドの顔に手を伸ばした。

「……自分を大切にしない、悪い癖！」

「！」

レオナルドが逃げられないように固定して、間近にその顔を覗き込む。完全に不意を衝くことが出来たらしく、レオナルドが目を見開いた。

「レオナルドが駒になるみたいな、そんな言い方は良くないよ。ルカさまも仰ってたでしょ、『協力』だって！」

「……フランチェスカ」

「私たち友達なんだよね？　……ううっ、友達。ともだち……！」

「フランチェスカ？　おーい」

憧れの響きをじいんと噛み締めたあと、気を取り直してレオナルドに告げた。

「だから命令なんてしないよ。するとしたらお互いに力を合わせるか、お願いをするか。でしょ？」

「……」

レオナルドはやはり驚いたようで、子供みたいに無垢なまなざしを向けてくる。

その上でフランチェスカは、くすっと笑って彼に提案した。

「その上で、レオナルドに相談があるの」

「……言ってくれ。俺は何をしたってそれを叶える」

「そんなに大袈裟なことじゃないってば！　あのね。暗殺事件を防ぐための調査で、これからやりたいことなんだけど……」

フランチェスカは大真面目な顔をして、レオナルドに告げる。

「──しよう。夏休みに、森でバーベキューを‼」

「…………………ん？」

レオナルドが笑顔を浮かべたまま、瞬きをして首を傾げた。

「フランチェスカ？　暗殺事件を防ぐための調査で……」

「お肉を焼いて、みんなで食べよう‼」

「……あー……」

＊＊＊

王都から馬車で離れれば、この国には豊かな自然が広がっている。

雨の多く降る六月を過ぎると、夏の間は快晴の日が多いのだ。この季節に雨が降る際は、すべてを洗い流すかのような土砂降りが地面を叩き、旅人のように通り過ぎてゆく。

強い日差しの下、時折降る大雨によって育てられた草木は、生命力いっぱいに育っていた。

青々と茂り、吹き抜ける風に身を任せながらも、しっかりと地面に根を張っている。

森の中を歩くフランチェスカは、胸いっぱいにその空気を吸い込んだ。

「んん、気持ち良い風……！」

夏用に誂《あつら》えた薄いドレスの裾が、ふわふわと楽しげに泳いでいる。リボンや花をあしらった麦わら帽子は、フランチェスカのお気に入りだ。

すぐ傍には大きな川が流れ、その水面が宝石のように反射していた。フランチェスカの上に伸びる木の枝を、小鳥たちが歌いながら渡ってゆく。

「眩しい太陽に爽やかな木陰、森の綺麗な空気！　そして何よりも……」

くるりと後ろを振り返り、ドレスの裾を翻す。

「バーベキューだよ、レオナルド！」

「ははは っ！」

河原では大勢の大人たちが、石でかまどを作ってくれていた。

隣を歩くレオナルドは心底幸せそうにして、フランチェスカのことを見つめる。

「本当に君は素晴らしい。カルヴィーノならびにアルディーニ、セラノーヴァの当主と構成員を従えてやることが、森の川辺で肉を焼くこととは」

「夏休みって最高だよね、何日もこうやって遊べるんだもん！　何より憧れの、友達がいる初めての夏休み……！」

前世から憧れ続けてきた夏の過ごし方が、ひとつ実現されたのだ。

夕べ寝る前から何度もほっぺたを抓《つね》り、夢ではないことを確かめ続けて来たが、いまも実感がなくてふわふわしている。

「私にとって今日がどれだけ楽しみだったか、レオナルドにはきっと想像も付かないと思うけど！」

「いいや？」

木陰の中のレオナルドは、くすっと笑ってフランチェスカの手を取った。

「君だけじゃないさ。俺だって、今日を物凄く楽しみにしていた」

「本当？」

「本当」

レオナルドは普段、ムスク系の甘い香水をつけている。それが時折ふわりと香る度、十七歳とは思えない色気を放つのだが、今日は違う香りを纏っていた。

透き通ったグリーンの香りだ。本来は爽やかな印象を受けるはずなのに、レオナルドの声が低くて甘いお陰で、結局はやたらと色気を帯びてしまっている。

「……その夏らしい帽子、とてもよく似合っている」

レオナルドはそう言って、フランチェスカの髪を梳くように触れた。

「っ、レオナルド！」

「おっと」

フランチェスカは顔の前に、両手で大きくバツを作る。

「ストーップ！　女性相手にとにかく紳士的に接するモード、また出ちゃってる！」

「そうか？　フランチェスカだけの特別仕様だったんだが」

「駄目駄目！　だって今のはまるで、恋人みた――……」

「フランチェスカ」

「！」

微笑んだレオナルドが、フランチェスカにこう尋ねた。

「答え合わせをさせてくれないか。君がこの森にやってきたのは、お近付きになるためだろう？」

月のように光を帯びたその瞳が、まっすぐにこちらを見据えている。

「――暗殺者、本人に」

「……やっぱりお見通しだよね、レオナルドは……」

図星を突かれたフランチェスカは、隠すつもりもなくそれを認めた。レオナルドは肩を竦め、木々の向こうに流れる川を見遣る。

「この森は五大ファミリーのひとつ、ラニエーリ家の縄張りだ。けれども君はルカさまに頼み、国王特権を発動させた」

この森に来るまでの経緯についてを、レオナルドはやはり注意深く眺めていたらしい。

フランチェスカは玉座の国王ルカに、こんな頼みごとをしていたのだ。

『お願いですルカさま。どうかルカさまのお力で、ラニエーリ家管理の森へ立ち入らせていただけないでしょうか』

『あの森にか？』

『はい。私がルカさまに、「王都に近い森で遊びたい」って我が儘を言っている設定で！』

真摯に聞いてくれているルカに、フランチェスカは頼みごとを続ける。

『ルカさまが子供におやさしいことは、貴族であれば誰でも知っています。そして各貴族家は、国王陛下のご命令とあらば、所有している土地の使用を断ることが出来ません』

『確かにな。「フランチェスカがその森で遊びたいと言っているから、ちょっとその場を貸してやれ」と私が命じても、違和感を持つものは居ないだろう。断れる人間もな』

ルカはいつだって話が早い。「ふむ」と目を細めたあとに、フランチェスカに尋ねた。

『だがそれでは、ラニエーリ家から見たお前の評判が下がってしまうかもしれないぞ。国王に我儘を言い、他家の縄張りで遊ぼうとするお転婆娘だとな』

『ぜんぜん平気です。私、裏社会で生きていくつもりはありませんから！』

どんなに悪い子だと思われたところで、まったく痛くも痒《かゆ》くもない。ルカは面白がって笑ったあと、フランチェスカの『我が儘』を快諾してくれた。

こうして森にやってきたのは、もちろん暗殺事件を防ぐためだ。レオナルドはどうやら、その理由をすべて察している。

「ラニエーリ家は、主に娼館経営で利益を上げている。中でも連中が重点を置いているのは、高級娼婦を扱った商売だ」

レオナルドの言う通りだった。その女性たちは、娼館で束の間の恋を提供することだけが仕事ではない。

「礼儀作法や教養を身に付けた女の人たちは、お客さんと一緒に社交の場に出たりして、国外の王族すらおもてなしすることもあるんだよね」

「そう。そしてこの森は、ラニエーリ家が賓客《ひんきゃく》たちに提供する、健全な社交と憩いの場のひとつだ」

それこそが、王都からさほど離れていない美しい森に、一般市民の立ち入りが許されない理由でもあるのだ。この森は防犯上封鎖されていて、ラニエーリ家の意に沿わない者を拒んでいる。

フランチェスカはそこに、国王を利用することで入り込んだ。

「グラツィアーノのお父さん……サヴィーニ侯爵は、貿易の腕が一流なんでしょう？　そして国外との商談のときは、ラニエーリ家に協力を依頼してる」

「すごいな。もうそこまで調べたのか？」

「侯爵はルカさまからお話を聞いて、すでに殺し屋を警戒してるはず。町中ではきっと周りを護衛で囲んで、油断なく動いてる……そんな侯爵が武装できないのは、大事なお客さんをもてなす寛ぎの場だよ」

事実ゲームで見たサヴィーニ侯爵も、この森では護衛を遠ざけざるを得なかった。

「暗殺を仕組む人だって、それくらい理解して動いてる。だからこそ……この森にやってくるお客さんの中に、殺し屋を交ぜると思うの」

事実ゲームでは、侯爵は『客人』による凶弾に倒れたと予想される描写があるのだ。

（殺し屋は、いわゆるモブキャラだった。名前が無くて顔も描かれなかったから、誰を警戒するべきかも分からない……）

前回のように、大枠で起きることはシナリオと同じであっても、細部が違ってくる可能性もある。

（答えを知っているゲームの通りには、いかないかもしれない。だってここは）

目の前に立つレオナルドを、フランチェスカはじっと見上げた。

(黒幕がレオナルドじゃないことも、大事な友達だっていうことも、私がちゃんと知れている世界なんだから)

「……」

レオナルドはまるで全てを見透かしているかのように、フランチェスカを柔らかく見詰め返す。

そのあとに後ろを振り返り、その視線の先にあるであろう森の向こう側を眺めた。

「いまごろラニエーリの別荘では、君の家の構成員が聞き込み中だろうな。『フランチェスカお嬢さまがこの森に滞在なさる以上、出入りする人間を把握しておく必要がある』とかなんとか言って」

「うん。ラニエーリ家もお客さんの情報を全部は教えてくれないだろうけど、調査の口実くらいにはなるはずだよ。パパが私に過保護なのは、他のファミリーも知ってるから」

「カルヴィーノ家の愛娘のためにと、護衛の構成員を多く引き連れても怪しまれない。さすがは俺のフランチェスカ、素晴らしい名案だ」

レオナルドは大袈裟に褒めてくれるものの、フランチェスカの内心は複雑だ。

「パパからの溺愛が知られてるのは、十七歳にもなって恥ずかしいけどね……」

「使えるものは使うべきだろう？　それに、俺だって」

レオナルドは両手を広げ、彼自身の存在を示してみせる。

「君のお陰でアルディーニの当主としてではなく、フランチェスカお嬢さまの学友としてこの森に入ることが出来た。もちろんラニエーリ当主と顔を合わせれば、俺の素性はすぐに見抜かれるだろうが」

「だからこそ『森でお肉を焼く会』が、私の我が儘だってことを全力でアピールしなきゃ！　私が夏休みを楽しむために、友達を連れて呑気に遊びに来てる姿勢を崩さずに行こう！」

フランチェスカが我が儘令嬢に見えれば見えるほど、この作戦は都合が良い。他家や暗殺者に警戒されたとしても、ある程度は納得してもらう余地が生まれるからだ。

「殺し屋が『賓客』に紛れ込んでいるなら、本当は夜会にも出たいところだけど……」

「湖の別荘で開かれている会か。よく君が存在を知ってたな」

「噂で聞いたことがあるの。ちゃんと情報収集してるんだから」

本当はゲームシナリオでの知識だが、そのことは隠して胸を張る。王都で行われる社交界のように、国内外の要人たちが集まって情報を交わしているのだ。

異なるのは、みんなが傍らに美しき高級娼婦を連れているという点だろう。さすがにいくら我が儘令嬢でも、その夜会に潜り込むのが難しいのは分かっている。

「きっとどれだけ頑張っても、私は入れてもらえないよね」

「上品で紳士的な社交の場とはいえ、一応は娼婦を伴った接待の場だからな。……まあ、参加する方法が無い訳でもないんだが」

「え？　それって……」

「フランチェスカ。迎えも来たし、そろそろ戻ろうか」

フランチェスカが振り返ると、ふたりの青年の姿が見える。

「グラツィアーノ！　それから」

ぶんぶんと大きく手を振って、グラツィアーノの隣を歩く銀髪の青年を呼んだ。

「――リカルドも！　かまどの準備、ありがとう！」

「……」

そう言うと、セラノーヴァ家の次期当主である青年リカルドは、遠くから生真面目に頷いたのだった。

＊＊＊

森を流れる清らかな川のほとりには、石を積み上げたかまどが三つほど作られている。

手際よく炭火を起こしてくれたのは、フランチェスカの家であるカルヴィーノ家の構成員たちだ。

炎を操るスキル持ちを中心に準備をし、丈夫な網を置いて、新鮮な食材を並べてくれている。

あとは焼けるのを待つだけのご馳走の前で、フランチェスカはきらきらと目を輝かせた。

「お肉たくさん！　野菜もいっぱい！　そこに載せてあるスキレットは⁉」

「溶かしバターです、お嬢さま。お好みで魚介や肉などを調理してお召し上がりいただこうかと」

「うわあ、そんなの絶対に美味しいに決まってる……！」

真夏の大自然の中で行うバーベキューは、それだけで胸が躍るものだ。こちらに歩いてきたレオナルドが、フランチェスカの隣でかまどを覗き込む。

「すごいな、本当に川原で肉を焼く環境が整ってる。直接鍋やフライパンを火に掛けなくても、炭火の熱でちゃんと火が通るのか」

「えへへ、バーベキューっていうんだよ。昔読んだ外国の本に書いてあったの」

「さすがは俺のフランチェスカ。最高に可愛くて物知りだ」

「はいはーい、下がってくださーい」

そう言いながら現れたのは、トングを持ったグラツィアーノだった。威嚇するようにかちかちと鳴らし、レオナルドをかまどから遠ざける。

「炭が爆《は》ぜちゃうと危ないんで、他家の当主さまは遠くに離れていていただければと。川の向こう岸くらいで結構ですよ」

「ははは、気遣ってくれてやさしい番犬だな。だが、何より守られるべきはフランチェスカだろう？　俺と彼女のふたりで消えるとするか」

「お嬢は渡せません、カルヴィーノ家のバーベキュー隊長に任命されてらっしゃるので。ねえお嬢」

「そんなことよりお肉足りる？　構成員のみんなの分は、別で確保してあるとしても……」

食材の準備されたステンレスバットは、氷のスキルを持った構成員によって冷やされている。そこに載せられた食材を確かめながら、フランチェスカはうむと眉根を寄せた。

「毎年私とパパとグラツィアーノだけだから、食べ盛りの男子にどれくらいお肉を用意するべきか想像がつかなくて。私とレオナルド、グラツィアーノ。それから……」

フランチェスカは振り返り、少し離れた場所にいる銀髪の青年を見遣った。

「リカルドもたくさん食べるよね？　お肉！」

「む……」

四つめのかまど作りを見学していたリカルドが、姿勢を正して首を横に振る。

「いや、俺は……。ただでさえ厄介になる身なのだ、その上に石を使ったかまど作りという技術も伝授いただいた。かような学びを得た挙句、そこまで馳走になる訳には……」

「もう、そういう遠慮なんてしなくて大丈夫だよ！」

何しろ今回の作戦では、『令嬢フランチェスカの我が儘な豪遊』という印象が大切なのだ。大人数に参加してもらうに越したことはない。

（私の友達がレオナルドしか居ない所為《せい》で、頼れる同級生のリカルドにまで力を借りなきゃいけなくなっちゃった訳だけど……）

来てもらって感謝しているのだが、生真面目なリカルドは恐縮しているらしい。

ただでさえ先日、彼の父が大きな事件を起こしたばかりということもあって、なおさら気を遣ってしまうのだろう。

「にしても、すごい状況っすよね」

網の上の肉をひっくり返しつつ、グラツィアーノがレオナルドたちを眺める。

「異なるファミリーの人間が、こうして呑気に肉を囲んでるんですから。それも現当主ともうじき当主、未来の当主の三人が揃ってるなんて」

「ちょっと待って、最後の『未来の当主』って私のこと⁉　私は絶対に継がないよ、裏社会とは無縁の人生を送るんだから‼」

フランチェスカは全力で否定しながらも、いよいよ昼食の準備に取り掛かる。

（私がパパと仲良くなって以来、カルヴィーノ家の毎年恒例になったバーベキュー。うちのファミリーの構成員はみんな、すっかり段取りを身に付けてる）

フランチェスカが記憶を取り戻したばかりの頃は、この世界にバーベキューが存在しなかった。

恐らくはゲームのモデルになった時代や国に、そういった文化が無かったからなのだろう。

元々は日本で開発されたソーシャルゲームということもあり、日本風のバレンタインデーや日本風クリスマスといったイベントはこの世界にもある。

けれども時々こんな風に、フランチェスカだけが知っていて、この世界にはまだ生まれていないものが沢山あるのだ。

よってこの世界にとっては、フランチェスカがバーベキューなる料理にもっとも詳しい人間となる。責任は重大だ。

（毎年のこととはいえ、レオナルドとリカルドにとっては初めてのバーベキューだもん。ふたりにも楽しさを知ってもらいたいから、美味しく食べる方法を私がしっかり伝えなきゃ……！）

フランチェスカはそう決意し、気合を入れて網の前に立った。

（いつもは焼いてもらう側だけど。今日は私がみんなのためにお肉を焼こう！）

＊＊＊

「――フランチェスカ。ほら焼けた、これを食べてみな」

「んんん、おいひい……!!」

レオナルドにもらったお肉を頬張ったフランチェスカは、口の中にじゅわりと広がる味わいを噛み締めて身を震わせた。

しっかりと下味をつけていた牛肉は、カルヴィーノ家が入手した最上級のものだ。この上品な味わいと、バーベキュー用に作ってもらった甘辛いソースがよく合っている。

バーベキューは炭火の加減が難しいのだが、この肉は上手に赤味が残してあった。野外の網で焼かれたとは思えないほどに柔らかく、とろけるかのようだ。

これはつい先ほど、バーベキューの要領を把握したレオナルドが、フランチェスカのために焼いてくれたお肉である。

「おいしい。すごくおいしい……!!　レオナルドすごい、どうしてこんなに絶妙にお肉が焼けるの⁉　コツは⁉」

「コツなんて無いさ、ただフランチェスカに美味しいものを食べさせたいと思って焼いただけだ。お気に召したならすぐに次を焼こう、待っててくれるか？」

「お嬢。こっちもちょうど頃合いですよ」

フランチェスカの持っていたお皿に、グラツィアーノが網から取ったものを載せる。ころんと転がっていきそうになったのは、ほどよく焼き色のついたソーセージだった。

「あっついんで、気を付けて」

「わああ、いただきます……！」

ナイフを使わずにフォークを刺し、お行儀が悪いのを承知でそのままかぶりついた。

ぱりっと小気味よい音を立てたソーセージからは、ハーブと塩胡椒《しおこしょう》で旨味を引き立てられたお肉の、あつあつの肉汁が溢れ出す。

「んん～～～～……っ!!」

「はいはい、美味しいですね。よかったですね」

フランチェスカが幸福を噛み締める表情を見て、グラツィアーノがあやすように言った。

言い方だけなら生意気に見えるのだが、フランチェスカを眺める表情が嬉しそうだ。自分が焼いたソーセージを、フランチェスカに食べさせたかったのがよく分かる。

「フランチェスカ、この肉も食べてみるといい。こっちに皿を出して、ほら」

「んむ！」

「お嬢、チキンの用意もあるんですけど？　そろそろそっちも食べたいですよね」

「むむむ！」

左右から魅力的な提案をされ、フランチェスカは慌ててきょろきょろとふたりを見た。一刻も早く返事をしたいのだが、たくさん頬張りすぎてまだ喋れない。

「番犬、骨付きのチキンをそのまま載せるのはどうかと思うぞ。フランチェスカの手が汚れる」

「お嬢はそんなことよりも、食べたいものを気が向くまま召し上がりたい方なんで」

「おい、お前たち」

「！」

そこにやってきたリカルドが、トングを持ったまま溜め息をついた。

「カルヴィーノに肉ばかり食べさせようとするな。心身の健康を保つには食事の充実化が必要だ、そのためにはバランスも考慮しなければならない」

彼はそう言って、フランチェスカのお皿にキノコ類を載せてくれる。

「溶かしバターを絡めた焼き立てのキノコだ。これを食え」

「んー……っ‼」

当然ながら、それもものすごく美味しかった。

フランチェスカの皿の上には、この調子でどんどん男子たちからの贈り物が置かれてゆく。三人はそれぞれトングを手にし、網を囲んで真剣だ。

「こんなにしっかり加熱できるなら、リゾットなんかも作れそうだな。海老や貝もあるんだし、フランチェスカのために試してみよう」

「あー確かに、スキレット使ったら炊けそうっすね。今じゃなく最後の方にして、余った食材全部ぶちこんでもいいかもですけど」

「おい、閃《ひらめ》いたぞ。あの木の大きな葉で包めば、食材を蒸し焼きに出来るのではないか？　水気の多く出る食材をこれで蒸せば、焼いたのとはまた違った味わいになる」

「…………」

すっかり蚊帳《かや》の外に置かれたフランチェスカは、もぐもぐと顎《あご》を動かしてから呑み込む。

（なんか……私より男子たちの方が、バーベキューを早くも習熟しつつあるような……？）

フランチェスカが内心で困惑していると、ふと視線が重なったリカルドが遠い目で言った。

「すまないカルヴィーノ。俺も普段料理を嗜《たしな》む訳ではないのだが、こうして炭火が燃えている様子を見るとこう…………正直、妙に楽しい……」

「う、うん……！　私が想定してたプランとは違ったけど、みんなにバーベキューのことを好きになってもらえてよかった……!!」

そういえばフランチェスカの父も、野外での炭火を使ったバーベキューとなると、無表情で黙々と工夫を凝らしてくれるのである。

（なんにせよ、みんなが楽しそうでよかった。うんうん）

食べることだけではなく調理も遊びの一環として満喫してもらえるなら、それに越したことはない。レオナルドとグラツィアーノの背中を眺めつつ、フランチェスカは笑って告げた。

「これがリカルドの息抜きにもなれば良いなって思ってたから、ほっとしたよ」

「……」

リカルドは僅かに目を見張る。ややあってふっと微笑んだ彼は、フランチェスカに向き直った。

「リカルド？」

彼が深々と頭を下げるので、フランチェスカは少し慌てる。

「改めてお前には、薬物騒ぎの件で礼を言いたかった。……本当に、ありがとう」

「なに言ってるの、助けてもらったのは私の方！」

あのときリカルドが信じてくれていなかったら、きっとあの結末にはならなかった。

「それに、まだ全部終わった訳じゃないでしょ？　お父さんを洗脳した黒幕をなんとかしないと！

私も普通に暮らしていくために、全力で頑張る。そのためにリカルドの力をいっぱい借りるんだから、お礼なんて必要無いの」

「……カルヴィーノ」

「『フランチェスカ』でいいよ。私たち同じ学年なんだし、リカルドはもうすぐ当主になるんだし、私とパパの呼び分けが大変そうだもん」

リカルドにとっての『カルヴィーノ』は、フランチェスカの父ひとりである方がきっといい。フランチェスカがそう告げると、リカルドは目を丸くした。

「だが、淑女を気安く名前で呼んでしまうことになる。いいのか？」

「大丈夫。私、社交の場には極力出ないつもりだから！」

カルヴィーノ家の令嬢として招待されるものは、大半が裏社会の繋がりだ。前回はレオナルドの頼みで参加したものの、今後も逃れる方針なのは変わらない。

「では、お前の言葉に甘えよう。……フランチェスカ」

「ふへ。よろしく、リカルド！」

リカルドとは、同じ『悪党一家』の子供に生まれた境遇だ。

しっかり跡を継ぐ覚悟のあるリカルドと、逃れるつもりのフランチェスカでは大違いだが、助け合えることがあるなら協力し合いたい。

「……あの。お嬢もしかして、『友達』ってやつ作っちゃってません？」

「それ、絶対にフランチェスカに言うなよ番犬。余計なライバルが増える」

「？　ふたりとも、何か私の話してる？」

「ん？　次はフランチェスカにどんなものを食べさせてあげようかなーって。何が良い？」

レオナルドの問い掛けに、フランチェスカはわくわくしながら立ち上がる。

「どれも美味しそう！　でもみんな、私にばっかり食べさせてくれてる気がする。みんなもちゃんといっぱい食べ――……」

すべての言葉を言い終わる前に、フランチェスカはぱっと顔を上げた。

（始まった）

レオナルドをはじめとした男子たちも、フランチェスカと同じ方向に視線を向けている。川を挟んだ向こう側の森から、ひとりの女性が駆け出してきた。

（ゲームシナリオ通りの出来事！　ゲームでは主人公とグラツィアーノのふたりが、気まずい空気で森の中を調査しているときに起きるイベントだけど……）

フランチェスカが川原でのバーベキューを選んだのは、思い出作りのためだけではない。この川の傍で今日何が起こるのか、ゲーム二章で描かれているのだ。

女性は美しい髪をなびかせ、鮮やかな紫のドレスを纏っていた。彼女を追って森から出てきたのは、大柄な男性だ。

「待て！　逃げるなど許さないぞ、こっちに来い！」

「ちょっと、離してよ!!」

男性が女性の手首を掴む。その様子を見たリカルドが、ぐっときつく眉根を寄せて声を上げた。

「おい、何をしている！　……くそ、向こう岸に渡る橋は……」

「待ってリカルド！」

橋が無いことを確かめると、リカルドは今にも川に入ってしまいそうだった。川の流れは穏やかに見えても、危険な箇所も多く危ない。

「急いで渡らなくても大丈夫。グラツィアーノ、出来る？」

「当然」

グラツィアーノはしれっと言い切ると、川に向かって駆け出した。

向こう岸までは、女性たちの顔もはっきり見えない程度の距離がある。けれども迷わず向かったグラツィアーノの背を見て、レオナルドが軽く笑った。

「番犬のスキルか？」

「そう。グラツィアーノの持ってるスキルのうちのひとつ……」

グラツィアーノの足が地面を蹴り、川の上に向かって跳ぶ。

その瞬間、彼の姿がふっと消えた。

「な――……」

リカルドが驚いて目を見開く。けれどもそれより驚いたのは、川の向こう側にいる男女だろう。

「うわあっ⁉」

突然現れたグラツィアーノに、男性が悲鳴をあげて女性を離す。

「おにーさん。悪いけど退散してもらえますか？」

「なんだ、てめえは!!」

「すみません。あんたに恨みはないんすけど……」

男性は上着の内側に手を入れると、恐らくは銃を取り出そうとした。

けれどもグラツィアーノの取った動きは、男性の行動よりも遥かに速い。

「っ、ぐああ!!」

男の手首を掴んだグラツィアーノが、相手を投げ飛ばした。

（あ。綺麗な一本背負い投げ）

前世のフランチェスカが習得し、グラツィアーノにも教えた技だ。グラツィアーノは地面を見下ろすと、両手をぱんぱんと叩いて払った。

「うちのお嬢が、このおねーさんを助けたがってるんで」

「グラツィアーノ、お疲れさま！」

フランチェスカは大きく手を振り、川を挟んで労った。ぽかんとしているリカルドの傍で、レオナルドがくつくつと喉を鳴らす。

「空間転移スキルか。所定の距離内であれば、瞬時にその行き先に飛べるという」

「そう。橋を探したり川を渡ったりするよりも、グラツィアーノが飛んだ方が効率的でしょ？」

グラツィアーノ曰く、『使いっ走りには最適のスキル』だという。

そんなつもりはないのだが、グラツィアーノにはこのスキルを使って病院の紹介状などを取りに行ってもらうことも多く、日頃からとても助けてもらっている。

「とはいっても使用回数の制限があるから、戻ってくるのは自力なんだけど……」

フランチェスカは下流を見遣る。シナリオ上は離れた場所に橋があったはずだが、先ほど歩いた上流には見当たらなかった。

「おーいグラツィアーノ、橋を探すからちょっと待ってて！　私がそっちに行くまでに、そのお姉さんのことをお願い！」

「別に、わざわざお嬢が来るまでもないですけど。向こうで待機してる先輩たちを呼んでもらえば十分なんで」

「私も話を聞きたいもの！　レオナルド、リカルド、ごめん。少しここで待っ……」

フランチェスカがそう言い掛けたとき、川の上に雷鳴のような光が走った。

「ひえ……」

ほんの一瞬の出来事だ。それなのに今やこの大きな川には、氷によって生成された橋が架かっている。

（レオナルドの、氷のスキル！）

フランチェスカが慌てて見遣れば、両手をポケットに突っ込んだままのレオナルドは、素知らぬ顔で微笑んでいた。

「はは。向こうにいる『うちの構成員』が、氷で橋を生成したみたいだ」

「そ、そうなのか？　それは素晴らしいスキルだな。随分と遠距離まで届かせることが出来るようだ」

「レオナルド……！」

感心するリカルドに気付かれないよう、フランチェスカはそっと耳打ちした。

「大丈夫？　こんなところでスキル使っちゃって……」

「まあ、この氷が俺のスキルだと周りに思われても問題は無い。むしろ三つのスキルのうち、これがそのひとつだと誤解されれば都合がいいくらいだ」

「う。それじゃあグラツィアーノを止めなかったのは」

「君の番犬のスキルを知りたくて。手の内を隠すタイプには見えないから、正面から聞いても教えてくれそうだがな」

少し意地の悪い表情で笑ったレオナルドは、想定通りに事が運んで楽しそうだ。その上で、フランチェスカに手を差し出す。

「おいでフランチェスカ。滑らないように加工した橋だが、万が一があっては大変だ」

「んむむ……」

少々悔しく思いつつも、エスコートを受けるのは淑女の礼儀だ。フランチェスカはレオナルドの手を取って、リカルドとも一緒に氷の橋を渡る。

向こう岸の川原では、美しい女性がにこにこしながらグラツィアーノに詰め寄っていた。

「助けてくれて本当にありがとう。よく見たら君、すごーく可愛いお顔してるわね」

(グラツィアーノが、妖艶なお姉さんにモテてる……！)

弟分のそんなシーンを見てしまい、フランチェスカは少し慌てた。どうでもよさそうな表情で聞いていたグラツィアーノだが、フランチェスカの気配にぱっと顔を上げる。

「お嬢」

グラツィアーノはそのまま、地面に倒れていた男の首根っこを掴むと、上半身を起こさせてフランチェスカに示した。

「こいつ。お嬢に習った体術で倒しました」

「見てたよ、すごかったね！　さっすがグラツィアーノ！」

「……別に。これくらい大したことないんで、そんなに褒めてもらわなくても結構です」

「でも、他のスキルは使ってないでしょ？　いまのグラツィアーノなら大抵の敵は、自分の素の力だけで勝てちゃうんだ」

小さかった弟分が強くなって、フランチェスカも誇らしい。

グラツィアーノは心なしか満足そうな顔をし、男を掴んでいた手を離した。男はぐえっと悲鳴を上げ、再び静かになる。

「さてと……この男の人、どうしよっか」

一応そう切り出してはみるものの、フランチェスカは知っていた。

（この人は、グラツィアーノのお父さんである侯爵閣下の部下。ラニエーリ家に無断で娼婦のお姉さんを連れ出そうとしたんだよね）

女性はふんと鼻を鳴らし、男を睨み付けている。レオナルドが肩を竦め、ことも無げに言った。

「フランチェスカ、ひとまずラニエーリ家に連絡する。俺の指示だということにすれば、君の家が出てくる必要はないから安心してくれ」

「駄目だよレオナルド。アルディーニ家当主が名前を使ったら、『令嬢フランチェスカの我が儘でやって来たバーベキュー』の体裁が取りにくくなっちゃう。レオナルドやリカルドにはあくまで、私の同行者って態度でいてもらわないと！」

女性に聞こえないように、ひそひそとレオナルドを引き止める。

実のところゲームでは、この男がラニエーリ当主の怒りを買い、きっちり罰せられた描写が一行だけあるのだ。この男を叩きのめしたところで、大きな問題にはならない。

（ゲームでもこのイベントは起きてる。主人公はグラツィアーノにお願いごとを出来る関係性ではないんだけど、主人公が自分でこの女の人を助けに行こうとするんだ。グラツィアーノは主人公の護衛をしなきゃいけないから、仕方なく空間転移のスキルで川向こうに飛んでくれて……）

いまのフランチェスカたちとは状況が違うものの、やはり同じ出来事が起きている。

（この男の人を倒したあと、ラニエーリ家の当主が現れるはず！　ここでラニエーリ家当主と知り合いになれれば……）

けれどもフランチェスカは、森の向こうからやってくる人影に息を呑んだ。

「――え」

思わず小さな声を漏らしたのは、ゲームの立ち絵でははっきりと顔の描かれていなかった人物が現れたからだ。

「そこで一体、何をしている」

「……！」

グラツィアーノが身構えたのは、その声に聞き覚えがあったからなのだろうか。

（ゲームでは、ここでこの人が登場するシナリオじゃなかったのに）

その人物は長身で、グラツィアーノと同じ茶色の髪だ。

額を出すように整髪料で固めた髪は、どこか気難しそうな印象を与えている。彼は上等な仕立ての衣服に身を包んでおり、胸元に締められたネクタイのブローチには、大きなラピスラズリの石が嵌まっていた。

こんなにいかめしい表情をしているのに、その人物は赤い瞳や髪色だけではなく、その面差しも息子とそっくりだ。


（……グラツィアーノの、お父さん……）


守るべき標的であるサヴィーニ侯爵が、じろりとフランチェスカたちを睨み付ける。

そしてその視線は、グラツィアーノに向けられて止まった。

「――お前は、まさか」

「…………」

侯爵は顔を顰めると、低い声音を絞り出した。

「何故、お前がこのような場所にいる？」

グラツィアーノの瞳が、父を見据えてほんの僅かに揺れる。

「……俺は……」

（グラツィアーノ）

その揺らぎを見付けたフランチェスカは、すぐさまふたりの間に歩み出た。

ふわりとドレスの裾を翻し、グラツィアーノの方に背を向けて立つと、侯爵を見上げて澱《よど》みなく告げる。

「お初にお目にかかります。サヴィーニ侯爵閣下」

「！」

グラツィアーノが息を呑んだが、彼の父も目を丸くしている。

そのあとに怪訝そうに眉根を寄せた表情は、グラツィアーノにはちっとも似ていない。

「……お嬢さん。何故私の名を？」

「ラピスラズリのブローチに、サヴィーニ侯爵家の家紋を刻んでいらっしゃいますもの。サヴィーニ侯爵家のご当主さまは、ラピスラズリの石を身に着けておいでだとお聞きしました」

グラツィアーノが話した訳ではないということを、そうやって言外《げんがい》に主張しておく。サヴィーニ家では正装の装飾品に、瑠璃色に輝く石を用いるのだ。

これはゲームでの知識というだけではなく、社交界では知られていることだった。

「わたくしは、フランチェスカ・アメリア・カルヴィーノと申します」

「……」

フランチェスカはドレスの裾を摘み、礼儀正しく挨拶をする。続いて顔を上げると、『カルヴィーノ』の名前に反応した侯爵を再び見上げた。

フランチェスカの真っ直ぐなまなざしを受けて、侯爵が僅かにたじろいだのが分かる。

（私が牽制していることくらい、侯爵はすぐに察するよね）

フランチェスカはすべて承知の上で、侯爵に向けてにこりと笑った。

「彼は私の従者です！　夏休みにお友達と川遊びをしたかったので、そのために同行してもらいました」

「従者……と？」

侯爵は相変わらず渋面を作ったままだ。あまり信じていない様子であることが窺えて、フランチェスカは言葉を重ねる。

「幼い頃からそうなのです。私がどうしても行きたい所があると我が儘を言えば、父は『グラツィアーノが一緒なら構わない』と。彼はとても気配りが出来ますし、頼んだ仕事は確実にこなしてくれるので、ついつい連れ回してしまって」

そう説明しながらも、心の中ではむかむかと怒りが収まらなかった。

（きっと侯爵はグラツィアーノのことを、いまも貧民街の片隅で荒くれ者として生きているか、すでに死んでしまっている存在だって思ってたんだ）

けれどフランチェスカの弟分は、しっかりと強く生き抜いてきたのだ。

「小さい頃に我が家にやってきたのですが、いまや当家に所属する大人たちからも、一目置かれているんですよ。とてもやさしくてしっかり者で、私にとっては弟のような存在です」

フランチェスカは振り返ると、グラツィアーノを見上げて微笑んだ。

「ね？　グラツィアーノ！」

「……お嬢」

いつもはグラツィアーノの方が、フランチェスカを守ってくれる。

けれどもフランチェスカだって、この弟分を守るべきなのだ。フランチェスカは前を向き、侯爵に告げる。

「何故グラツィアーノがここにいるかのご質問には、私が答えさせていただきました。さらに申し上げますと、グラツィアーノは私の命令でこちらの女性を助けたのです」

「……」

侯爵がぴくりと眉を動かした。

「地面で寝ている男の方。――サヴィーニ侯爵閣下の、お知り合いですか？」

「……それは……」

知り合いどころか、この男は侯爵の部下にあたるのだ。

男が女性を強引に連れて行こうとしたのは、侯爵の指示によるものだった。侯爵は近日行われる大口の接待のために、美しい女性を使おうとしているのだ。

娼婦を管理するラニエーリ家を通してしまうと、使う側にとっては余計な手間や費用も多い。だからこそ侯爵は部下を使い、ラニエーリ家を出し抜こうとした。

その結果として娼婦を怒らせ、侯爵の部下もかっとなって強硬手段に出たというのが、ゲームで語られている経緯だ。

侯爵は僅かに言い淀んだものの、深呼吸をしてから口を開く。

「あなたには関係のないことですよ。お嬢さん」

（むむ……）

そして地面に倒れ込んでいる男を見下ろすと、これみよがしな溜め息をついた。

「この男は私の部下ですが、随分と勝手な真似をしてくれたようだ。目を覚ましたら厳重に罰さねばなりませんね」

（部下が勝手にやったことなら、侯爵がわざわざ森の奥まで来る理由なんてないのに）

もしかすると、部下が女性を連れ出すのに失敗したと知って、様子を見に来たのかもしれない。

（侯爵がゲームと違う動きをしたのは、私たちがバーベキューをしたからかな？　構成員のみんなが大勢でかまどを作っているところが、森の向こうからでも見えたからなのかも……）

「――フランチェスカ」

「ん？　どうしたの、レオナル……」

呼ばれて後ろを振り返ったフランチェスカは、レオナルドの名前を呼び終える前に絶句した。

「……え⁉」

見れば、レオナルドはにこやかな笑顔を浮かべている。

その微笑みは完璧で、クラスの女子たちが見れば悲鳴を上げそうなほどの美しさだ。けれどもその笑みは完全に、獲物を狩ろうとする『悪党』のそれだった。

「フランチェスカの行動を尊重し、黙って成り行きを見守っていたが。……この男が君に礼を欠くのであれば、俺が容赦する理由はないよな？」

「だっ！　駄目だよレオナルドどうしたの⁉」

男を起こそうとしている侯爵を尻目に、フランチェスカはレオナルドの両肩を掴む。ひそひそと小声で尋ねると、レオナルドは軽い調子でこう答えた。

「どうしたもこうしたもない。フランチェスカを侮辱するものは、この世界から排除して構わないだろう」

「すっごく良い笑顔で変なこと言わないの！」

まるで冗談のようなふりをしているが、その双眸に本気の色が見える。『友達』の本気に慌てつつも、レオナルドに向けて全力で正論を説いた。

「この人はサヴィーニ侯爵なんだよ、今回守らなきゃいけない対象！　グラツィアーノの……」

けれどもフランチェスカは気付いている。

息子であるグラツィアーノだって、侯爵に向けるのは冷たいまなざしだ。

「お嬢、いまだけはアルディーニに同意です。俺自身のことはどうでもいいですけど、お嬢に『関係ない』は有り得ません。この世界にあるもの全部、お嬢が関係あるって言ったら関係あるに決まってんだろ」

「うわあぁ、グラツィアーノまで変なこと言ってる……!!」

とはいえこれは日常茶飯事だ。グラツィアーノは冷静そうに見えても、フランチェスカの父が育てて教育している。つまりはフランチェスカのことになると、当たり前のように過激な発言をするのだった。

「リカルドごめん、一緒にふたりを止めて！」

「フランチェスカよ。俺はセラノーヴァ家の次期当主として、この国の伝統的な規範を重視する」

「うん、そうだよね！　裏社会の人間が手を出したりしたら、カタギ……じゃなかった、表の人！

『表社会の人には手を出さない』っていう、伝統的な暗黙の了解を破ることになっちゃうもんね！」

「いや違う。『年長者たるもの手本として、年下にも敬意を払うべき』という伝統を侯爵に……」

「もう、三人とも全員話を聞いて!!」

フランチェスカは急いで両手を広げ、どうにかレオナルドたちに留まってもらう。

（みんなに行動してもらわなくても大丈夫なのに！　だって、もうすぐここには……）

心の中でそう考えた、そのときだった。

「そんな所で何をしているんだい？」

「！」

草を踏み締める足音と共に、凛としていながらも柔らかな声が響いた。

グラツィアーノの父である侯爵が、そちらへ気付かれないように顔を歪める。グラツィアーノは不思議そうに瞬きをし、リカルドははっとしたように背筋を正した。

「おや」

木立の影を歩くその人物は、こちらの状況を察したらしい。

「ここにいたのか、サヴィーニ閣下。うちの自慢の妹と、森の散歩をお楽しみかい？」

「……ラニエーリ閣下」

父の言葉を耳にして、グラツィアーノが小さく呟く。

「あれが、ラニエーリ家の当主？」

「……うん。そうみたいだね、グラツィアーノ」

ゲームで知っているフランチェスカも、この世界で姿を見るのは初めてだ。グラツィアーノと同じように、まったく知らなかったという態度を貫く。

この場で堂々と立っているのは、レオナルドただひとりだった。

「こんにちは。ラニエーリ殿」

「これは意外な客人だ」

微笑んでみせたラニエーリ家当主のくちびるには、赤色の口紅が塗られている。

「驚いたね。陛下が可愛がっている『孫娘』のご学友が、まさかアルディーニのご当主とは」

堂々とした胆力を感じる話し方だが、その声音は高い。凛とした切れ長の双眸にも、控えめな化粧が施されていた。

「ああ、そういえば婚約者同士なんだっけ？　よかったね色男。随分と可愛い子じゃないか」

「ええ。俺の愛しい宝物です」

「ははっ、それくらい堂々と言い切ってこそさ。大事なものは常日頃から見せびらかして、自分のものだって周りに示さないとね」

オレンジ色を帯びた金の髪は、陽光をまばゆく反射している。褐色の肌を持つラニエーリ家当主は、その金髪を耳に掛けると、煙草を持った手を上げてにこりと微笑んだ。

「こんにちは、カルヴィーノの可愛いお嬢さん」

「初めまして当主さま。フランチェスカ・アメリア・カルヴィーノと申します」

ラニエーリ家当主はスーツのスラックスに、白いシャツという出で立ちだ。

上着に腕は通さず、肩に掛けて羽織っているのだが、それによって体付きの華奢さや豊かな胸のラインが強調されている。

「この度は、大切な森を貸して下さりありがとうございます」

「堅苦しい挨拶はいいよ、子供は気兼ねなく遊んでこそ。それよりもせっかく知り合いになれたんだ、仲良くやろうじゃないか」

ぱちりと瞬きをしてみせた仕草が、色っぽいのに可愛らしい。

「女同士、ね」

彼女こそが、ラニエーリ家の現当主だ。

（……ゲームで見た通りの、素敵なお姉さん……！）

凛とした立ち姿のその女性に、フランチェスカは憧れのまなざしを向けたのだった。

3章　ラニエーリの当主

ラニエーリ家の当主である彼女は、ソフィア・パトリツィア・ラニエーリという名前の美しい女性だった。

凛としていて豪胆で、男性ばかりが集まる荒事の現場でも物怖じすることはない。むしろ誰よりも勇敢なソフィアは、真っ先に前線に飛び込むのだそうだ。

とある港で起きた争いの際、土砂降りの中で戦ったソフィアのエピソードは、ゲームでも回想で触れられていた。

『あんたたち、私についてきな！　この美しい王都を汚したんだ、あいつらの血で洗い流してもらおうじゃないか！』

ソフィアに鼓舞《こぶ》された構成員たちは、勇ましく戦ったのだという。

（ソフィアさんは九年前に、二十歳で当主になった人。家を継ぐ年齢には相当若いし、この世界で女性が当主になるのはとても珍しいのに……成人女性は結婚して当たり前の風潮だけど、ソフィアさんは未婚を貫いてるし）

女性がひとりで一家を率いるには、男性とはまったく違った苦労があるはずだ。

それだけでも尊敬してしまうのに、そんなソフィアがやさしくしてくれたら、もっと好きになるに決まっている。

「怖い思いをさせてしまったね。お嬢さん」

「い、いえ!!」

謝罪されたフランチェスカは、ぶんぶんと首を横に振った。

ソフィアが現れた後、サヴィーニ侯爵はラニエーリ家の構成員と共に去って行った。恐らく娼婦を無理やり連れて行こうとした一件は、部下ひとりが責任を負うのだろう。

ソフィアも諸々の真相は分かっている様子だったが、それでも引かなければならないこともあるらしい。一度だけ疲れた溜め息をついたあと、フランチェスカを誘ってくれた。

『お嬢さん。よかったらこのあと、私が使っている別荘に来ないかい?』

『いいんですか? ソフィアさん』

案内されたのはバーベキューをした森の中にある、ソフィアのための邸宅だそうだ。たくさんある別荘のひとつであり、構成員は出入りしていないらしい。

フランチェスカはそこに招かれ、直々のもてなしを受けているのだった。

ふかふかの椅子に座って脚を組んだソフィアは、煙草をふかしながらくすっと微笑む。

「カルヴィーノ家のお嬢さんには、前々からお会いしてみたかったんだ。病弱で社交界には出て来ないとのことだったが、あのエヴァルトが娘を大層溺愛していると聞いてね」

「こ、光栄です……!」

「あはは。そんなに緊張しなくて構わないよ? といってもあまり裏社会に詳しくないお嬢さんには、他のファミリーの当主なんて怖いよね。ごめんね？」

「いえ、そんなこと！　まったく微塵も怖くありません!!」

フランチェスカがかちこちに固まっているのは、ソフィアが言っているような理由ではないのだ。

フランチェスカの隣には、ふたりの女性が座っている。ふたりともラフなドレスを纏い、髪も緩く編んで結んでいるだけだが、双方とびきりの美女だ。

「うふふ。お姉さんたちとお友達になりましょお？　フランチェスカちゃん」

「っ、『お友達』……！」

ふたりはラニエーリ家配下の娼婦であり、いまは出勤前の寛ぎ時間なのだろう。

彼女たちはフランチェスカの左右を陣取ると、にこにこしながらフランチェスカを褒め称えてくれた。

「見れば見るほどとーっても可愛い。髪の毛さらさら、睫毛ばさばさ、お目々ぱっちり」

「お肌はどうやってお手入れしてるの？　普段お化粧してない所為もあるんでしょうけど、きっとそれだけじゃないはずよね？」

「その髪の赤色も、すごく素敵ねえ。あなたのお父さま、遠目からしか見たことがないけれどお、おんなじ色をしていたわあ」

女性たちはくすくすと笑いながら、「可愛い」「可愛い」とフランチェスカを撫でる。ソフィアはふうっと煙を吐き出したあと、苦笑しながら窘《たしな》めた。

「あんたたち、いたいけなお嬢さんを困らせるんじゃないよ」

「あらあ、困らせてませんよう当主さま。私たちはただ、この子のお友達になりたいだけなんですもの」

「あ、あの！」

先ほどから出てくる『友達』という単語に、フランチェスカは心臓がどきどきと高鳴っていた。

「ほ、本当ですか？　おふたりとも本当に、私のお友達に……っ」

「フランチェスカ」

「わ！」

そんなフランチェスカの口元を、大きな手のひらが塞《ふさ》ぐ。

「んむむ？」

フランチェスカはもごもごしながら、ソファーの後ろに立ったレオナルドを見上げた。

当初ソフィアの屋敷に呼ばれたのは、フランチェスカひとりだけだったのだ。

『遊びを邪魔した償いをしなくては。ご学友にも後ほどお詫びをするが、まずは主催者のお嬢さんへの謝罪をしたいな。お嬢さん、私の別荘に来ないかい』

そのときレオナルドが肩を竦め、それから名乗りを上げたのである。

『ラニエーリ殿、会合でもない場所でお会い出来るのも珍しいことです。可愛い婚約者の供として、俺もお招きに与《あずか》っても？』

そして今、レオナルドと共にここにいる。見上げると、これまで黙って静観していたはずのレオナルドは、とてもやさしいまなざしを向けてきた。

「はは、ごめんな。男相手じゃないから我慢しようかとも考えたが、やっぱり許せない」

「？」

「悪い大人に誑《たぶら》かされては駄目だ。出会ってすぐ、子供相手に『友達』なんて言い出す相手のことは信じない方がいい」

フランチェスカは目線だけで、レオナルドにこう尋ねる。

（信じない方がいいって、どうして？）

彼はきっと、フランチェスカの疑問を正確に掬《すく》い取っただろう。月の色をしたその瞳が、僅かに暗い光を帯びる。

「……君のことは、俺だけが」

「……？」

レオナルドはくすっと微笑んだあと、諭すような柔らかい声音でこう続けた。

「ではなくて。――彼女たちのお目当てが、君のお父君に対しての営業だから」

「!!」

フランチェスカがぱちぱち瞬きを重ねれば、女性たちは肩を竦める。

「あらら。バレちゃったわあ」

（嘘だった……!!）

があんと衝撃を受けたフランチェスカに、女性たちは「ごめんねえ」と微笑みかける。

「だってあなたのお父さまったら、私たちを近付けてすら下さらないんだもの。娘さんとお友達になれれば、ご贔屓《ひいき》にしてもらえるんじゃないかしらって」

「でもでも、フランチェスカちゃんが可愛いのは本当よう？　こんな妹が居たらなって、そう思うものお」

やっぱりそう上手くはいかないらしい。しゅんと項垂れたフランチェスカを守るように、レオナルドがそっと頭を撫でてくれる。

「まったく、俺の婚約者は純粋だな。裏社会の駆け引きから隔離されて育っているものだから、何も知らない」

（レオナルドからはつい数ヶ月前、『骨の髄《ずい》まで裏社会の人間』って言われたばかりだけどね！）

けれどもこれは作戦だ。フランチェスカはあくまでこの森において、『我が儘を言って遊びに来ただけの令嬢』として振る舞わねばならない。

誰が殺し屋なのか分からない以上、味方以外は全員欺《あざむ》く覚悟が必要なのだ。

「そんな訳でレディーたち。俺の婚約者を離してやってくれないか」

「ええー。でもお」

女性のひとりは悲しむふりをして、わざとフランチェスカをぎゅっと抱き締める。するとレオナルドは目を細め、少しだけ低い声音で言った。

「たとえ麗しい美女相手でも、俺以外の人間に触れさせたくない」

「……まあ、怖ーい……」

女性たちはそそくさとフランチェスカから離れたが、部屋を出る際に手を振ってくれた。

「またねえ、フランチェスカちゃん」

「お父さまによろしくね？」

「は、はい！　また！」

友達にはなってもらえなかったものの、フランチェスカはどきどきしながら返事をする。前世も含め、男性ばかりに囲まれて生きてきたため、同性にやさしく接してもらった経験が乏しいのだ。

向かいに座ったソフィアは、くすくすと肩を揺らしながら口を開く。

「うちの自慢の妹たちが、失礼なことをしてすまなかったね。アルディーニもそろそろ座ったらどうだい？」

「ええ、お言葉に甘えます。それでは」

レオナルドはソファーの左側、フランチェスカの横に腰を下ろした。そしてフランチェスカを見遣ると、愛おしそうに目を細める。

「……これでようやく、君の隣にいられる」

（あ！　そうだった！）

口説き文句のような言葉を聞き、フランチェスカは思い出した。

『ラニエーリの前では、俺は君にベタ惚れの婚約者として振る舞おうと思う』

『へ？』

この屋敷までの道すがら、蝉《せみ》の声が響く森を歩きながら、レオナルドはそっと耳打ちをしてきたのだ。

『何しろ俺の設定は、アルディーニ当主としてではなく、「あくまで友人に連れてこられた学生としてここに来た」というものだろう？』

レオナルドの言う通りだ。なにしろグラツィアーノの父を殺す殺し屋は、この森に招かれる賓客に紛れている。

殺し屋を油断させて見付け出すためには、レオナルドたちには五大ファミリーの当主や次期当主としてではなく、『我が儘なご令嬢に付き合わされた同行者』でいてもらわなければならないのだ。

『友達ではなく恋人とした方が、俺が家の事情を抜きにして動くだけの説得力になる』

『「友達と遊ぶために」なんて動機、何よりも説得力のある理由付けじゃないの？』

『世間一般では、恋人の方が納得されやすい』

そんな風に説明されたものだから、ついつい頷いてしまった。

世間的な『友達』はもちろん、『恋人』についてもよく分からないフランチェスカは、レオナルドの説明を鵜呑《うの》みにするしかないのだ。

「レオナルド」

「川原で遊んでいるときも、君を独り占めする訳にはいかなかったからな。大勢と遊んで楽しそうな笑顔はもちろん愛らしいんだが、無理矢理にでも手に入れたくなってしまって困る」

レオナルドの指はフランチェスカの髪を撫で、指で掬って口付ける。

上目遣いにこちらを見て、それから表情を綻《ほころ》ばせるのだ。

「……離れて見ていても可愛いのに、近くで見詰めるともっと可愛い」

「！」

それは普段見せるような、すべてを計算した笑みではない。

レオナルドは混じり気のない微笑みを浮かべていた。いまだって作戦中のはずなのに、声音もまなざしもやさしいものだ。

「あっはっは！　見せ付けてくれるじゃないか」

楽しそうに笑ったソフィアが、手にしていた煙草の灰を灰皿に落とした。

「あのアルディーニの若当主が、ついに本気のお相手を見付けたとは。随分と過保護について回るものだと思ったけれど、ベタ惚れの噂は事実のようだね」

「それはもちろん。フランチェスカに頼まれるまでもなく、彼女の傍にいられるなら何処にでも行きますよ」

（よかった。計画通り、レオナルドはあくまで私の同行者だって映ったみたい）

その体裁が浸透してくれれば、誰もフランチェスカたちが『暗殺事件の調査と妨害』のためにやってきたなどと疑わないだろう。

「なあ？　フランチェスカ」

「え!?　あ、うん。えーっと……」

レオナルドのまなざしが、言外に『ちゃんと合わせて』と言っている。どこか揶揄《からか》うようでもあるが、フランチェスカは覚悟を決めた。

「ありがとう。レオナルド」

「！」

手を伸ばし、ぎゅっとレオナルドの手を握る。

それから真っ直ぐに目を見据え、心から彼にこう告げた。

「レオナルドが一緒に居てくれて嬉しい。……本当に、とっても、ものすごく」

「……っ！」

その瞬間、レオナルドが僅かに息を呑んだ気配がする。

（……思わず本心だけで話しちゃった。森で遊べたのが嬉しかったから、そのままの気持ちになっちゃったけれど）

作戦通り出来ているか心配になり、内心で反省しつつレオナルドを見詰めた。

（もっとレオナルドみたいに、大人っぽい言い回しをした方がよかったのかな？）

けれどもフランチェスカの心配は、どうやら杞憂《きゆう》だったようだ。

「……あー…………」

溜め息をついて額を押さえたレオナルドは、なんだか珍しい表情をしていた。

少しだけ困ったような、それでいて愛おしいものを見る微笑みだ。彼は、嘘が交じっているようには聞こえない声音でフランチェスカに囁く。

「……やっぱり俺は、君にだけは敵わないな」

「？」

首を傾げたフランチェスカを前に、ソフィアは明るい声を上げて笑った。

「あはは！　いいねえお嬢さん。こんな良い子がカルヴィーノのひとり娘とあらば、エヴァルトも構成員も嫁には出したがらないだろうに」

「いえいえ、そんなとんでもない！」

「ふふ」

肘掛けに頬杖をついたソフィアは、煙草をふかしながら悪戯っぽく目を眇める。

「――川原でうちの妹分を助けてくれたとき。お嬢さんは従者に任せたままにはせず、自分もその場にやってきたそうだね」

「！」

ソフィアの瞳は真っ直ぐに、フランチェスカのことを見据えていた。

「人を上手く使える人間は、必ず現場のことを知ろうとする。組織がデカくなればそうはいかないが、それでも知るための努力はするものさ。お嬢さんはそれがちゃあんと出来ているようだ」

「!?　いえそんな、そんなことは！」

フランチェスカはぶんぶんと首を横に振った。けれどもソフィアは面白そうに、フランチェスカの分析を続けた。

「その後にサヴィーニ侯爵が、お嬢さんの従者に絡んできたんだろう？　お嬢さんは迷わずあの男の子の前に出て、侯爵に下手な文句を言わせないようにやり込めたと聞いているよ。大の大人の前に出て堂々と、大したものだったんだってね？」

「違うんです！　それもただ、グラツィアーノの立場からサヴィーニ閣下に説明するのが難しいと思ったからで……!!」

「その見極めが出来るということも、重要な素質のひとつだよ。お嬢さんの家の構成員は、みんなこう考えているんじゃないかい？」

ソフィアはくすっと笑いながら、フランチェスカにこう続けた。

「――『アルディーニとの婚約なんか破棄して、フランチェスカお嬢さまが当主になってほしい』ってね」

（わあん、どうして……!?）

曖昧な笑みを浮かべつつも、心の中では泣きそうになる。

（今度こそ『骨の髄まで裏社会の人間』なんて思われないよう、裏社会をあまり知らない女の子として振る舞ったつもりなのに!!）

「ははっ、どうするフランチェスカ？　君がちょっと変わった女の子だってこと、早速見抜かれてしまっているぞ」

「レオナルドはお願いだから静かにしてて……!!」

小声で意地悪を囁いてきた友人に、同じく小声でひそひそと返す。ソフィアには聞こえていないはずだが、フランチェスカの苦労は察せられているようだ。

「あはは、ごめんよお嬢さん。女の子がファミリーを継ぐなんて、並大抵の苦労じゃないから嫌だよねえ。私という下手な前例がある所為で、苦労を掛けていたら申し訳ないな」

（確かに。パパたちが私に跡を継ぐことを期待するのは、ソフィアさんの存在が大きいんだよね）

この世界では基本的に、男性が家を継ぐことが大半だ。

けれども実のところ法律的には、女性も爵位を継げることになっている。

（とはいえ、女性が当主になるケースは珍しくて、男性後継者のいない家のほとんどが養子を取るんだけど……）

ラニエーリ家当主のソフィアは、女性が一家の事業を継いだ際、配下の誰からの反発も受けなかった稀有な例だ。

「他家のお嬢さんに悪影響を与えていないと良いんだが。私がラニエーリ家を滞りなく継げたのは、我が家の信条によるところも大きいからね」

「ラニエーリ家の信条は、『優美』を尊ぶというものですよね」

五大ファミリーにはそれぞれに信条を掲げ、それを重視して事業を行っている。裏社会に生きる者だからこそ、統率を取るための規則が必要なのだ。

フランチェスカの家では『忠誠』を掲げ、レオナルドの家は『強さ』を信条とする。リカルドの家は『伝統』だ。

ソフィアの率いるラニエーリ家は、品のある美しさを意味する『優美』となっていた。

「お家を象徴する花も、それにちなんで……」

「ミモザの花。アカシアとも呼ぶね」

まさしくソフィアの金色の髪は、鮮やかな黄色のミモザを思わせる。

（……綺麗だなあ……）

窓から差し込む夏の陽射しが、褐色の肌の上に流れる彼女の髪を優雅に輝かせた。

煙草の煙がくゆる向こうに、ソフィアの美しいかんばせが見える。大人の女性の色気があるのに、ときどき茶目っ気のある表情や仕草をしてみせるから、何処か可愛らしさも感じられるのだ。

（ミモザの花は、可愛い黄色の花。それでいて綺麗で品格があって、良い匂いがする）

ソフィアの人を惹き付ける雰囲気は、ミモザの花にぴったりだ。

（こんなに綺麗で格好良い人だもん、前世で大人気の女性キャラクターだったのも納得だ。入手可能《プレイアブル》キャラじゃないし、ラニエーリ家のエピソードが描かれる第三章でも、メインキャラクターはソフィアさんの弟の方なのに）

ゲームの主人公からしてみれば、ソフィアはそこまで接点が多いキャラクターではない。

けれどもプレイヤーの間では、『主人公のお姉さんとして接してくれる美女キャラクター』として好かれ、実装を望む声も大きかった。

「この国の『美しいもの』にまつわる裏の事業は、すべてラニエーリ家が管轄しているんですよね」

フランチェスカが尋ねると、隣に座ったレオナルドが笑いながら教えてくれる。

「娼館経営だけじゃないからな。ラニエーリ家は宝石事業や美術品の売買、街の景観美化なんてのも手掛けてる。俺も狙っていた事業があるんだが、ラニエーリと争うのを避けるために手を引いた」

「レオナルドが？」

確かにレオナルドは、勝算のない勝負をするようなタイプではない。

けれど、そもそもレオナルドが『争うのを避けたい』と考える相手は数少ないはずなのだ。ソフィアは肩を竦め、煙草を灰皿で押し潰しながら言う。

「あんたはすべての分野に優れた手腕を持つが、適材適所ってやつさ。そちらのお嬢さんも、間違いなく『適材』のはずだけれどね」

（うう、またその話に……！）

フランチェスカが嘆いているのを知ってか知らずか、ソフィアはくすっと微笑んだ。

「どうだい？　お嬢さん。自らの目を以て知ろうとする心構えも、部下を前に出し過ぎない見極めも、裏社会で上に立つ人間としての素晴らしい素質だが」

「……ごめんなさいソフィアさん。とても生意気なことを言いますが、私に素質はありません」

「へえ？」

「だって私がそうしたのは、ソフィアさんが仰るような心構えや、見極めがあったからではないんです」

膝の上に両手を重ねたフランチェスカは、ソフィアの双眸を見据えて言う。

「私はただ、私がグラツィアーノに命じたことを、ひとつとしてあの子の責任にする訳にはいきませんでした」

「！」

裏社会では時として、配下の人間がすべてを被ることがある。

罪を犯した上層部のために、その部下が身代わりになって捕われること。

組織の幹部を守るために、一般構成員が命懸けで盾になること。

上の人間が命じたことのために、下の人間が危ない目に遭うことだって日常茶飯事だ。けれどもフランチェスカから見れば、その状況は理不尽に感じる。

「命令によって起きることはすべて、実行した人ではなく、命じた人間に責任が及ぶと思います」

あの女性を助けることを、フランチェスカからグラツィアーノに頼んだ。その結果起きたことの責任を取るのは、至極当然のことなのである。

「だから私はグラツィアーノの傍に行きましたし、侯爵への説明と謝罪をしました。――私は私の責務を果たした、それだけなんです」

「…………」

ソフィアが何処かぽかんとして、フランチェスカを見つめていた。

（あれ？）

その反応を不思議に思い、フランチェスカは瞬きをする。隣のレオナルドを見上げると、彼は口元を手のひらで押さえて、なんだか笑いを堪えているようだ。

「……え⁉　ねえレオナルド、私いま何かおかしなこと言った⁉」

「ふっ、くくく……。いやなんでもない。ただ、本当に君は素晴らしいなと思って」

「その反応、絶対に何かあるやつだ……‼」

慌てて取り繕おうとするものの、何がまずかったのか分からない。そうこうしているうちに、ソフィアが大きな声で笑い始める。

「っ、あははは！　こいつはいいねえ、カルヴィーノ家の将来が楽しみだ！」

（いえあの!!　私、カルヴィーノ家を継ぐつもりはないんですが……!?）

声に出して否定したかったが、ますます拗《こじ》れる気がして口を噤んだ。気が済むまで笑っていたソフィアは、新しい煙草に火をつけながら言う。

「部下にすべての責任を押し付けてしらばっくれている、サヴィーニ侯爵にも聞かせてやりたいもんだよ。まったく」

そんな話を聞きながら、目下の心配ごとであるグラツィアーノに思いを馳《は》せる。

この森に滞在するにあたり、フランチェスカたちはラニエーリ家の別荘のひとつを宿として借りていた。グラツィアーノとリカルドは、そこでフランチェスカたちの帰りを待ってくれているのだ。

「こちとら次の夜会までに妹分たちを仕上げていかなきゃならないってのに、余計な騒ぎを起こしてくれて」

「夜会……」

ゲーム第二章においても重要なキーワードに、フランチェスカはぴくりと反応した。

（――グラツィアーノのお父さんが、殺されてしまう夜会のことだ）

ゲームにおける強制イベントは、どうあっても回避することが出来ない。

（殺し屋を事前に止められなかったときのための保険で、その夜会に参加する資格は得ておきたいのに。ゲームでは主人公もグラツィアーノも、まだ学生だからって門前払いだったんだよね……）

「……ラニエーリ殿」

ソファーの背凭《もた》れに肘を掛け、レオナルドが口を開く。

「その夜会、俺も出席させてもらうことは出来ませんか？」

「レオナルド？」

驚いて目を丸くしたフランチェスカに対し、レオナルドは平然とした笑みを浮かべたままだ。

「学生とはいえ、俺はアルディーニ家の当主です。家督を継いだ人間は、十六歳以上なら成人と同等の扱いになるでしょう？」

（確かに……！　この国の成人年齢は十八歳だけど、レオナルドは十七歳でも成人としての権利を持ってるんだ！）

しようと思えば結婚だって、すぐにでも出来る立場なのである。ソフィアはレオナルドの申し出を聞き、ふむ、と目を細めた。

「構わないよ。アルディーニ当主との繋がりが出来るとあれば、賓客たちも大歓迎だろうからね。ただ」

そこで言葉を切ったソフィアが、ちらりとフランチェスカを一瞥する。

「婚約者の前でしていい話なのかい？　うちの夜会が未成年お断りなのは、うちの妹分たちを伴う場だからだよ。普通の夜会と変わりないとはいえ、男たちが伴うのは自分の妻や恋人じゃない」

「ああ、もちろん俺に女性は付けなくていいです。俺はこの先金輪際《こんりんざい》、フランチェスカ以外をエスコートする気はありませんので」

（んん？）

にこっと笑って言い切ったレオナルドに、フランチェスカはなんとなく違和感を覚えた。

（……レオナルド、なんだか何かを隠そうとしてる……？）

レオナルドの振る舞いに、特に不自然な点がある訳ではない。

けれどもその自然な様子こそが、フランチェスカにとっては引っ掛かった。そういえば彼は先ほど、森の中でこう言っていたのだ。

『きっとどれだけ頑張っても、私は入れてもらえないよね』

『上品で紳士的な社交の場とはいえ、一応は娼婦を伴った接待の場だからな。……まあ、参加する方法が無い訳でもないんだが』

つまりレオナルドは、フランチェスカが夜会に参加する方法を思い付いている。

（私がその方法に気付く前に、手早く話を纏めようとしてるんだ）

むむむ……とレオナルドのことを見詰めるが、彼はわざと素知らぬ顔をしていた。

「お嬢さんもアルディーニも、しばらくはうちの貸し別荘に滞在するんだったね。アルディーニには追って詳細を連絡するよ」

「有り難い。さぞかし錚々《そうそう》たる顔触れが揃っているのでしょう？　楽しみにしています」

「サヴィーニ侯爵も随分前から、今回の夜会に懸けているようだからねえ」

ソフィアは言い、フランチェスカにウィンクをひとつ散らした。

「ご学友にもよろしく伝えておいてくれないかい？　セラノーヴァの若さまと……勇敢に戦ってくれた、お嬢さんの『お世話係』に」

（……ソフィアさんも、グラツィアーノの出自を察してるみたい）

あれだけグラツィアーノが父親と似ていれば、それも無理はないのだろう。フランチェスカはレオナルドに続いて立ち上がりながら、しっかりと頷いた。

「はい。伝えておきます」

「ありがとう」

ソフィアが少しだけ寂しそうに笑ったように見えたのは、フランチェスカの気の所為だっただろうか。

（グラツィアーノのお母さんは、元々ラニエーリ家の娼婦だった人だもん。お母さんとソフィアさんに面識があってもおかしくないよね）

高級娼婦だったはずの女性が、いつのまにか貧民街で貧しい暮らしをし、病の末に亡くなっている。本来ならラニエーリ家では、娼婦が子供を産んだあとも、その子供ごと手厚く守られるはずだ。

グラツィアーノの母にどんな事情があったのか、ゲームでも詳細には語られていなかった。ソフィアはそのことについて、何か思うところがあるのかもしれない。

ソフィアはそれを誤魔化すように、煙草をふかしながらにこりと笑った。

「そうだお嬢さん。この森で過ごしている間、演奏会や食事も楽しんでいくんだろう？　普段と違うおめかしがしたくなったら、遠慮せず私におねだりにおいで」

「普段と違うおめかし、ですか？」

「そう。大人っぽいドレスがたくさんあるから、お嬢さんを可愛く着飾ってあげる」

「わあ！　ありがとうございます」

男所帯で過ごしてきたフランチェスカは、誰かと衣装の貸し借りをしたことがない。とても魅惑的な提案に、わくわくしながらお礼を言った。

（お友達とは違うけど、こういうのも初めて！　折角だから一度お願いしてみようかな？）

そんな風に思っていると、レオナルドが後ろからフランチェスカの肩に手を置く。

「フランチェスカの着るドレスなら、これから俺が嫌と言うほどプレゼントするさ。どんなのがいい？」

「レオナルド、分かってない。こういうのは『素敵なお姉さんに貸してもらう』からわくわくするんだよ？」

フランチェスカが反論すると、ソフィアはくすっと笑った。

「素敵なお姉さんだって、嬉しいねえ。うちの妹分が言ってた通り、ついつい可愛がりたくなってしまうお嬢さんだ。だけど……」

そんな彼女が、緩やかに目を眇める。

「あんたたち、この森に一体何をしに来た？」

「――……！」

その瞬間、部屋の空気が一瞬で変わった。

（銃口を向けられてるみたいな緊張感……）

フランチェスカは瞬時に切り替えるが、それを表情には決して出さない。

（まずは、混乱しているふりをしないと）

緊張した様子を取り繕いながら、フランチェスカは恐る恐る口を開いた。

「ええと……お、お話ししていた通りです。学院が夏休みになったので、レオナルドや同級生と遊びたくて。ラニエーリ家の素敵な森のお話を前から聞いていたから、ルカさまに我が儘を言いました」

「ごめんね。お嬢さんを責めている訳じゃないんだよ？」

ソフィアの声音は柔らかい。それなのに空気は張り詰めていて、肌がぴりぴりとするほどだ。

「アルディーニ。あんたはベタ惚れの婚約者を連れて危険因子に近付くような、そんな迂闊《うかつ》な男だったかい？」

「はは、なんのことだか。ラニエーリ家のこの森は、賓客を招くために厳重な警備が敷かれているはずでしょう」

「それでも当家の構成員が、懐に銃を忍ばせてうろついている森だよ。娼婦を連れたお客さまもいて、第一に」

ソフィアは脚を組み替えながら、なんでもない様子で口にする。

「サヴィーニ閣下が殺し屋に狙われていることを、あんたが知らないはずもないだろう」

（……当然、ソフィアさんだって把握しているよね……）

貴族を狙った殺し屋の存在を、ルカは各家に通達しているのだろう。不逞の輩がいることは、裏側から国を守る五大ファミリーが知っておくべき情報だ。

「そのお嬢さんが何も知らなくたって、あんたが絶対に止めていたはず。サヴィーニ閣下がこの森で大規模な商談を進めたがっていることぐらい、あんたは掴んでいるだろうからね」

ソフィアがそんな風に指摘してくる可能性は、フランチェスカたちも事前に予想していた。けれどもこの屋敷への道行きで、レオナルドはこう言ったのだ。

『大丈夫だ。言い訳の用意はしてあるから』

（レオナルドの作戦に任せるつもりだけど、一体何を話すのかな？）

フランチェスカは戸惑う演技を続けたまま、レオナルドのことをちらりと見遣った。

隣で悠然と笑っているレオナルドは、さも当然のことのようにこう言った。

「同行したのは、俺がフランチェスカを守るためですよ」

「それにしたって、あんた自身が直接出てくるのは普段のやり口らしくない。とことん他人を利用するのがあんただろう？」

（確かに。最初に私を誘拐したときだって、構成員に攫わせようとしたもんね）

結果として失敗し、最終的にはレオナルドが出てきたものの、それはあくまで保険だったはずだ。

ゲームでは最後まで構成員が誘拐を完遂し、フランチェスカが攻略対象に助けられる際も、レオナルドが登場することはなかった。

「いくら可愛い婚約者からおねだりされたからといって、殺し屋に狙われている男が居る森から場所を変更させるわけでもなく。あんたも危険な状況なのに、のこのこ同行したのは不思議議じゃないか」

「おや。ひょっとして、俺がフランチェスカに惚れているのが嘘だとでも？」

「ふふ。そうは言っていないだろう？」

（やっぱり、ソフィアさんにも怪しいと思われてる!!）

内心で冷や汗をかくものの、レオナルドの方は余裕の態度だ。

「さすがはラニエーリ当主、すばらしい観察眼だ。いかに婚約者の頼み事といえど、普通ならあんな男には近付きません。何しろ俺は臆病者ですので」

（し、白々しい……！）

怖いものなどない顔で笑うくせに、冗談が過ぎる。

「そんな俺が、うちの構成員やフランチェスカの世話係に守らせず、自らフランチェスカの傍にいる理由は……」

（理由は？）

金色の双眸を細めたレオナルドが、悪戯っぽい笑みを浮かべてこう言った。

「――フランチェスカの『世話係』に、俺が負けたくないからです」

「…………」

ソフィアがその目を丸くするも、彼女より驚いたのはフランチェスカだ。

「れ、レオナルド⁉」

「至ってシンプルな理由でしょう？　他の誰にも守らせたくありません。可愛い婚約者は鈍感なので、俺の嫉妬心に思いも至っていないでしょうが」

レオナルドは軽い口調で、それでもはっきりとこう告げた。

「そこに打算も無ければ計算も無い。どれだけ危険が伴おうと、俺にとって不合理な出来事であろうと、彼女を奪われないためならなんでもしますよ」

この場にグラツィアーノ本人がいたら、きっとレオナルドに対抗していただろう。内心の動揺を隠せないが、作戦的にもこの反応で正解だ。

「出来る限り俺自身が、フランチェスカの傍にいたい」

レオナルドはフランチェスカを見下ろすと、とてもやさしい微笑みを浮かべる。

「フランチェスカは俺にとって、この世界で唯一の大切なものなので」

「……っ」

あまりにも率直な物言いに、なんだか頬が熱くなった。

ソフィアはレオナルドの表情を見つめ、まばたきをしたあとに笑みを浮かべる。

「……本当に意外だね。他人を利用することにしか興味のなかった坊ちゃんが、一段と良い男になったじゃないか」

「自分でも驚いています。ここまで何かに執着することになるなんて、まったく考えてもいなかった」

「あはは！　いいね。恋の話は大好物だよ」

唖然としているフランチェスカを他所に、レオナルドとソフィアは応酬を進めていった。

「だったら気合い入れて守ってやりな。うちの幹部の連中には、若者同士の青春を見守るように伝えておくから。サヴィーニ侯爵閣下にもね」

「ありがとうございます、是非とも。出来れば皆さんにはあいつでなく俺の方を応援してもらえると、非常に心強いのですが」

「そんな野暮《やぼ》なことはするもんか。恋敵とは正々堂々とやりあうもんだろう？」

（そうだよね。ソフィアさんも、レオナルドの言葉を本当に信じた訳じゃない）

けれど、社交上は重要なやりとりなのだ。

（必要なのは、『他の人たちを納得させるための言い訳』だ。ソフィアさんはレオナルドを知っているから、嫉妬心のためなんて言葉は信じない。……だけどサヴィーニ侯爵やラニエーリ家の人たちは、所詮子供のすることだって笑ってくれる）

もちろん、ソフィアだってレオナルドやフランチェスカを警戒していない訳ではないだろう。

だからこそ、疑っていることを率直に口に出し、『ラニエーリ家はそちらを監視している』という警告を残したのだ。

「頑張りなね、お嬢さん。男連中に囲まれてうんざりしたら、いつでもここに遊びに来な」

ソフィアは立ち上がると、フランチェスカに向けてにこりと笑う。

「それからおめかししたい時もね。可愛くしてあげる」

「……はい！」

ソフィアはやっぱり格好良い。

フランチェスカは引き続き、ソフィアに憧憬《どうけい》のまなざしを注ぐのだった。

＊＊＊

ソフィアの別荘を後にしてから、一時間ほどが経ってからのこと。

「すごいすごい、さすがはグラツィアーノ！」

湖に浮かんだ木舟の上で、周囲の景色に目を奪われながら、フランチェスカは声を弾ませていた。

「スキルを使ってる訳でもないのに、ぐんぐん舟が進んでいくね！」

「別に。舟にお嬢ひとりを乗せて漕ぐ程度、ちょっと鍛えればどうってことないです」

向かいに座ったグラツィアーノは、先ほどから淡々とオールを漕いでくれている。シャツの袖口を捲っているから、その腕に形のいい血管の筋が浮かび上がっているのがよく分かった。

「ソフィアさんにお礼を言わなきゃ。こんなに素敵な舟を貸してくれるなんて」

ラニエーリ家が所有しているこの舟は、全長四メートルほどの手漕ぎ舟である。

鮮やかなターコイズブルーに塗られた船体は、座席にふわふわのカーペットが敷かれていた。シルクのカバーに包まれたクッションが置かれ、舟の中にあっても快適に過ごせる造りだ。

あちこちに花が飾られており、テーブルにはフルーツも載っている。日傘を差して座るフランチェスカは、きらきらと輝く湖面に目を向けた。

「森から鳥の声がする。水がエメラルド色に透き通って、すごく綺麗だね！」

「お嬢、はしゃいで湖に落ちるとか勘弁してくださいよ。そんなに身を乗り出したら危ないです」

「大丈夫。護身術の一環として、着衣水泳の方法も完璧に身に付けてるから！」

「そういう問題じゃないでしょ、俺が当主に殺されますって。はーまったく、何が何でも守んねーと……」

少々生意気な口ぶりは、いつも通りのグラツィアーノだ。そんな様子を確認できてほっとするも、グラツィアーノが口を開く。

「俺とふたりだけで良かったんですか？　……アルディーニとセラノーヴァも、本当は誘いたかったくせに」

「……」

この湖にやってきたのは、フランチェスカとグラツィアーノのふたりだけだ。弟分の問い掛けに、フランチェスカは首を横に振った。

「……ううん。私、グラツィアーノとふたりだけで話したかったの」

こうして湖に出て来たのは、内緒話にうってつけだからだ。周囲に人がいないことを、これほど明確に確認できる環境も無い。

広い湖の水面にいるのは、フランチェスカたちだけだった。

「平気じゃなかったでしょ。グラツィアーノ」

「……」

何を指しての問い掛けなのか、グラツィアーノは察したはずだ。

（ルカさまからの命令を受けたあとは、お父さんのことなんて気にしてないって言ってたけど）

けれどもやはり、簡単に切り捨てられるはずもない。

（侯爵と話したときのグラツィアーノは。……小さい頃に初めて出会ったあのときと、おんなじ目をしてた）

「……お嬢」

グラツィアーノは櫂《かい》を漕ぐ手を止め、フランチェスカを正面から見据える。

「俺に、引き下がれと命じるつもりですか？」

そう問い掛けたグラツィアーノは、ぐっと苦しそうに眉根を寄せた。あまり表情を変えないように振る舞う彼が、露骨に感情を表すことは珍しい。

特に、フランチェスカの前では尚更だ。

「そうだとしても。俺は……」

「違うよ。グラツィアーノ」

そう言い切ったフランチェスカに、グラツィアーノが目を見開く。

「私はちゃんと知ってるもの。グラツィアーノは強くて勇気があって、怖いものにだって立ち向かえる子だって」

「……！」

小さかったグラツィアーノは、心も体もたくさん傷付いた。

それでも大人たちに抵抗し、諦めなかったからこそ、生きてここに居てくれている。

「グラツィアーノが十歳のとき、私が誘拐されそうになったのを見て、覚醒したスキルで助けてくれたよね」

「……」

「グラツィアーノはどんな状況でも、逃げたりしないって分かってる。だったら」

フランチェスカがグラツィアーノに告げられるのは、国王と当主からの調査命令に背き、父親から逃げろという命令ではない。

「私に出来るのは、グラツィアーノの背中を押すことだよ。グラツィアーノが挑むための理由にな って、怖さを誤魔化すためのお守りにもなる」

「……お嬢」

「グラツィアーノが一番強いのは、私のために頑張ってくれるときだもん。だから、グラツィアーノ」

日傘を畳む。

「お父さんになんか負けないで」

遮る影のない視界の中で、フランチェスカはグラツィアーノを見据えた。

「守り抜いて死なせないことで、グラツィアーノが私の最高の従者だって、あなたを捨てた人に見せ付けて」

「――――!」

言葉を受けたグラツィアーノが、息を呑んだのをはっきりと感じる。

「出来る？　グラツィアーノ」

「……俺が」

フランチェスカが微笑むと、グラツィアーノは俯いてからこう言った。

「お嬢の言い付けを守れなかったこと、ただの一度でもありました？」

「……グラツィアーノ」

素直ではないその返事に、フランチェスカはくすくす笑った。「そうだね」と答えそうになり、けれどもそこではっとする。

「……あるよ⁉　普通にある、何回もある‼　グラツィアーノ、私のお願いを聞いてくれないことも意外と多いよね⁉」

「そりゃあまあ、当主の命令と矛盾したときはノーカンでしょ。お嬢が危険な目に遭いそうなときも同じくで」

「ぬぬぬ……‼」

フランチェスカのお世話係といえど、グラツィアーノの根幹は父の部下だ。当主の命令が最優先されることは当然なので、何も言い返せない。

「お嬢」

「ん？」

グラツィアーノは再び櫂に手を掛けると、岸に向かって漕ぎ始めながら言った。

「何年か前。俺を『正式に当主の養子にするかもしれない』って話が出たの、覚えてます？」

「うん！　覚えてるよ」

懐かしい出来事を思い出して、フランチェスカは頷く。

「グラツィアーノが『弟分』じゃなくて『義弟』になるかもしれないって聞いて、びっくりしたし嬉しかったなあ。もちろん今の『弟分』も、それはそれで特別なんだけど……いつのまにか無しになってて、理由は分からないけど残念だった」

あれは確か、五年くらい前の出来事だっただろうか。フランチェスカは少し駄々を捏《こ》ね、父を困らせてしまったのである。

「やっぱり聞かされてなかったんすね。養子の話が流れた理由」

「グラツィアーノは知ってるの？」

あのとき理由を聞かされなかったのは、フランチェスカが子供だからだと思っていた。けれども
ひとつ年下であるグラツィアーノは、ちゃんと教わっていたようだ。

「……それはそうだよね、グラツィアーノ本人のことだもん。ちょっと寂しいけど、当たり前かあ」

「そうじゃなくて」

「ん？」

グラツィアーノは俯いて、いつも通りのクールな表情のままこう言った。

「……いつか、俺とお嬢が結婚するかもしれないから」

「――え⁉」

フランチェスカの大声が、湖の向こう側まで響き渡る。

「そえっ、ななな、なんでえ⁉」

「お嬢とアルディーニの結婚が成立するなんて、当主も先輩たちも思ってなかったんでしょ。抗争
が起きるなりアルディーニが死ぬなりして、婚約破棄になる可能性が高いって踏んでたらしいです」

「物騒だし物騒だし物騒！　私の婚約破棄に備えるよりも、今後の抗争を回避する方向で動いてて
ほしかった……‼」

そんな目論見があったことを、フランチェスカは初めて知った。

「確かにグラツィアーノが養子になったら、法律上は私と結婚できなくなるけど。パパたちがそん

な可能性を考慮してたなんて……」

「俺も当時は何回も、『お嬢と俺が結婚なんて有り得ない』って言ったんすけどね」

グラツィアーノは顔を上げ、ふっと遠い目をして言う。

「……あまりに『絶対無い』を連呼してたら、当主の機嫌がどんどん悪くなっていったんで。『フランチェスカの何処《どこ》が不満だ？』って……」

「ううう、パパが本当にごめんね……！」

当時のグラツィアーノの心労を思い、フランチェスカは両手で顔を覆った。父はグラツィアーノに目を掛けているが、その分色々と手厳しいのだ。

「……お嬢がいつか本当に、アルディーニの奴と結婚したら」

「？」

グラツィアーノがぽつりと言って、フランチェスカは顔を上げた。

「あるいは本当に、表の世界で生きていくことになったら。そのときこそ俺を養子にして、俺を次期当主になさるおつもりのようですよ」

「……そっか」

五大ファミリーの当主たちは今のところ、全員が初代当主の直系子孫となる。

けれどもそれはたまたまであり、この国の法律上の決まりでは、家の跡継ぎが血縁者でなければいけないという決まりは無い。

グラツィアーノが家の跡継ぎになってくれるのであれば、きっと全員が安心するだろう。

「そうなったら、俺はアルディーニと同じ立場で対峙しなきゃいけなくなる」

「！」

グラツィアーノがそんな将来を見据えていることを、フランチェスカは初めて聞かされた。

「俺は、あいつに負けるつもりはありません」

（グラツィアーノ……だからいつもレオナルドに、あんな風に対抗してたのかな？）

そのことに気が付いて、フランチェスカは微笑んだ。

「ふふ。私は出来ればふたりには、協力して調査してほしいけどね」

「嫌ですね。根本的に人種として気が合いそうにないんで」

「そうかな？　案外上手くやれそうな気がするけど……」

「絶、対に、無いです」

（あ。いまの多分、私との結婚は有り得ないってパパに言ったときと、同じ口調だったんだろうなあ）

くすくすと笑ってしまいそうになるのを、再び差した日傘で誤魔化す。グラツィアーノの漕ぐ舟は、それからしばらくして岸に戻ったのだった。

＊＊＊

セラノーヴァ家の次期当主であるリカルドは、その美しい森を散策していた。

今日から数日間滞在する予定のこの森は、ラニエーリ家の管理下だ。娼館事業の要地ということもあり、初めて足を踏み入れるが、各所が入念に手入れされていた。

「ふむ。さすがは優美さを信条とするラニエーリ家だな」

信条を貫くことは美徳である。細部まで徹底されている好ましさに、リカルドはしみじみと感じ入ってしまった。

一方で後ろを歩く人物は、まったく興味が無さそうだ。

「ふわあ……」

アルディーニ家の当主、レオナルド・ヴァレンティーノ・アルディーニは、両手をポケットに突っ込んだままあくびをしていた。

森の中に差し込む陽射しは、夕刻が近付いていてもまだ眩い。夏は陽が落ちるのが遅いため、もうしばらくは明るいだろう。

蝉の声が響く森で、咽《む》せ返るような暑気の中にあっても、この黒髪の男は涼しい顔をしている。

「おい、アルディーニ」

「ん？」

リカルドが彼の家名を呼ぶと、アルディーニは気怠そうにこちらを見遣った。

「ん？　ではない。今回の件は国王陛下より、お前とグラツィアーノが命を受けたのだろう？　俺も協力は惜しまないつもりだが、お前も真面目に調査をするべきだ」

「調査？」

「先ほどお前が言ったんだろう。『別荘の周囲に怪しい影を見付けたが、フランチェスカを心配させたくない。部下たちに仕事の指示をするふりをして出掛け、俺たちふたりだけで対処しよう』と」

フランチェスカに聞こえないよう耳打ちされて、リカルドは承知し頷いた。だからこそ宿泊先の別荘を出て、森を調べて回っているのである。

「サヴィーニ侯爵閣下を狙う殺し屋が、いよいよ行動に移した可能性がある。しかし、今この森は平穏そのものだ」

「……あー」

「お前の見た怪しい影とやらは、相当な実力者のものなのだろう。俺たちで手分けして探さねば、みすみす逃してしまうことに……」

「平穏なのは当然だ」

「？」

アルディーニはリカルドを見て、へらっと軽い笑みを浮かべる。

「なにせ、怪しい人影なんて嘘だからな」

「な……っ⁉」

あまりにも軽薄な物言いに、リカルドは目を見開いた。このアルディーニという男は、他人を振り回す天性の才能を持っているのだ。

「どういうつもりだアルディーニ！　フランチェスカを心配させないためだというからこそ、俺はお前に合わせて嘘をついたんだぞ！」

「そう怒るなって。男ふたりの虚しい外出が、フランチェスカの為なのは本当だ」

「なんだと？」

まったく意味が分からなかったので、率直に怪訝な顔をした。アルディーニはどうやら森の向こう側にある、湖の方角に目を遣ったようだ。

「フランチェスカが、あの番犬とふたりっきりで話したがっていそうだったからな。とはいえ彼女の性格上、俺たちを遠ざけるのに気を遣うだろう？」

「……サヴィーニ侯爵閣下と、グラツィアーノの件でか……」

「ははっ」

肩を竦めて笑うアルディーニは、心の底から可笑しそうだった。

「あそこに父子関係があるってことくらい、リカルドすら一目で分かってるのにな。バレないように動いてるのは、フランチェスカと侯爵くらいのものだ」

「笑い事ではないぞ。侯爵閣下とグラツィアーノの間には、何やら確執がある様子だった」

「知ったことではないかな。何しろフランチェスカが特別扱いする人間は、総じて俺の敵だから」

「アルディーニ」

「嘘だよ」

リカルドが彼を窘めると、アルディーニは柔らかく目を伏せる。

「……フランチェスカを大切にするためには、彼女の大切なものを尊重する必要がある」

「……」

その言葉に思い出したのは、先日リカルドの父が起こした一件だ。

あのときのことを振り返るだけでも、凄まじい罪悪感と焦燥に苛まれる。父は洗脳されていたとはいえ、この国で禁じられた薬物をばら撒き、証拠隠滅のために大勢を殺そうとした。

殺しかけたうちのひとりこそ、フランチェスカの父であるカルヴィーノ家の当主だった。父とカルヴィーノは同窓で、旧知の仲と言える相手だ。

（アルディーニが何らかのスキルを使い、カルヴィーノ殿を治療したとだけ聞いている。この男が対処していなければ、命があったかどうか危ういと）

アルディーニがフランチェスカの父を治療するなど、きっと誰もが想像していなかっただろう。けれどアルディーニは行動した。その上に詳細は分からないものの、アルディーニ自身も命を落としかけたのだという。

（すべてはフランチェスカのため、か）

リカルドは眉間の皺《しわ》を指で押さえ、はーっと深く溜め息をついた。

「……お前がフランチェスカを案じるつもりならば、この森はやはり入念に調べておくべきではないのか？」

「ははは、何を言ってるんだ？　フランチェスカの居ないところで、やる気を出して頑張る意味が無い」

「おい、不真面目だぞアルディーニ!!」

「それに」

湖の方から視線を外したアルディーニが、今度は来た道を振り返った。

「優先順位は付けておく必要がある。……彼女が大切にしている人間であろうと、傍に居させることで危険な目に遭うのであれば、切り捨てることも必要だ」

「……」

リカルドもそこで気配を感じ、木々の合間を睨み付ける。

「……アルディーニ家の当主、レオナルド・ヴァレンティーノ・アルディーニ殿とお見受けする」

森の中から現れたのは、茶色の髪に赤い瞳を持つ、グラツィアーノとよく似た面差しの男性だ。

「こんにちは。サヴィーニ侯爵閣下」

「………」

この場の雰囲気に不釣り合いなほどの軽やかな声で、アルディーニは笑う。

（一体なぜ、侯爵がここに……？）

リカルドは息を呑み、そこで気が付いた。

恐らくは、『怪しい人影なんて嘘だ』と言ったアルディーニのあの言葉こそが、堂々とした嘘だったのだ。

（アルディーニは、この侯爵閣下の接触を想定して……）

これから起き得ることの予想が出来ず、リカルドは身構えたのだった。

＊＊＊

グラツィアーノの最も古い記憶は、こう言って微笑む母の姿だった。

『あなたのお父さまはね。あなたと同じ琥珀色の髪と、赤い薔薇のような瞳を持っているの』

傷だらけでも優しい母の手が、グラツィアーノの頬を両手でくるむ。その胸元に輝くのは、深い青色を持つラピスラズリのブローチだ。母はそれに鎖を通し、ネックレスにしていた。

『おかあさん……。おかあさんのブローチ、傷を付けちゃってごめんなさい』

『グラツィアーノ、転んだ所はもう痛くない？　あなたに怪我がなくて、本当によかった……』

『よくないよ……！　だってこれ、おかあさんの宝物の、おとうさんとお揃いのブローチなんでしょ……？』

幼いグラツィアーノが泣きじゃくりながら言うと、母はそっと首を横に振る。

『そんなに泣かないで。お母さんには、もっと大切な宝物があるわ』

『……？』

『大事な大事なグラツィアーノ。お母さまとお父さまの、可愛い宝物……』

母はぎゅっとグラツィアーノを抱き締め、あやすように言ったのだ。その体がどんどん痩せていくことに、グラツィアーノも気が付いていた。

『きっとおとうさんが、おかあさんを迎えにきてくれる。おかあさんを治してくれる。そうだよね……？』

『……ええ。グラツィアーノ』

今よりずっと浅慮《せんりょ》だったグラツィアーノは、愚《おろ》かにもそんな未来を信じていた。

母の胸元から青いラピスラズリの飾りが無くなったときも、『お父さまに手紙を出したのよ。お母さまからだという証明のために、あのブローチも同封したの』という言葉を真に受けた。

父はきっとその手紙を受け取り、母を治すための薬を手にして駆け付けてくれるのだと、それだけをよすがにしていたのだ。

『おかあさん。泣かないで、こわくないよ』

起き上がれなくなった母の手を握り、グラツィアーノは必死に叫んだ。

『おとうさんが、もうすぐくるから。おれたちを迎えにきてくれる、ぜったいに』

『……グラツィアーノ』

『おかあさんのブローチ、ちゃんと受けとってる。びょうきも治してくれるから、もうすこしだから、がんばっ……』

『…………』

くちびるを微笑ませた美しい母は、その痩せ細った手で力なくシーツを探ると、取り出した金貨をグラツィアーノに握らせた。

『……おかあさん……？』

これが『お金』であることを、グラツィアーノは知っている。母がまだ元気だったころ、連れられて行った市場などで、母に使い方を教わった。

『……ごめんね。この金貨と一緒にあなたを託せるような相手を、私は見付けることが出来なかった……』

『おかあさん、また咳がでるよ。もうしゃべらないで、ねえ』

『使い方、分かる？　……大丈夫よね。あなたはお父さまに似て、賢い子だもの……』

力無く笑った母に向けて、グラツィアーノは泣きながら頷いた。

本当は嫌だと言いたかったのだ。

ひとりで生きていく方法なんて、身に付けられなくてもいい。母に生きていてほしい。

けれどもそれを口にすると、母を悲しませると分かっていた。

『……大丈夫。ひとりでごはんも食べられるし、夜だってちゃんと、ひとりで寝られる』

『いい子』

母の僅かに安堵した声に、嘘をついて良かったと心から思う。

『どうかこれだけは覚えていて。……お願い。お願いよ』

『おかあさ……』

『私は』

最後に伸ばされた母の手が、グラツィアーノの頭を撫でた。

『私はね。……あの人に出会えて、幸せだったの……』

『……っ』

『だからこそあなたに出会えたわ。グラツィアーノ、お母さまとお父さまの、可愛い宝物……』

『お母さん……!!』

今にして振り返ってみればよく分かる。

恐らく母は、大切にしていた青いラピスラズリのブローチを、父のもとに送ったりはしていなかった。

父との思い出を金貨に換え、それを渡したのが死の直前だったのは、グラツィアーノが母の薬を買いに走らないためだったのだろう。

あのとき母の残してくれた金貨が無ければ、盗みの方法を覚えるまでの冬に、グラツィアーノは容易《たやす》く命を落としていたはずだ。

『私はね。あの人に出会えて、幸せだったの』

母が最期に遺した言葉を、グラツィアーノは忘れなかった。

手足の感覚が無くなるほど寒くて眠れない夜も、空腹なのに飲み水すら手に入らないような酷暑《こくしょ》の日も、お守りのように母の言葉を思い出した。

『大事な大事なグラツィアーノ。お母さまとお父さまの、可愛い宝物』

母の死から二年が経ったあの日、偶然見付けた父を追い掛けたのは、その境遇から救ってほしかったからではない。

父が自分と母を拒んでいたことは、子供ながらに察していた。だからただ一言だけ、母が言っていたあの言葉だけを、父に伝えて終わるつもりだった。

けれども父は、グラツィアーノの姿を見ると言ったのだ。

『我が屋敷の周辺に、こんな汚い子供がうろついているのは迷惑だ』

グラツィアーノは目を見開いた。父はグラツィアーノを睨み付け、恐ろしい形相でこう叫ぶ。

『――ラニエーリ家に遣いを出せ！　貴殿たちの縄張りで盗みを働いている孤児がいる、とな！』

『…………！』

＊＊＊

「………」

自分に割り当てられたその部屋の一室で、グラツィアーノは目を覚ました。

ラニエーリ家の別荘では、グラツィアーノもこの森への客人として扱われている。

ただの構成員に割り当てられる部屋としては、いささか豪勢すぎる部屋だ。すでに何日もここに泊まっているものの、未だに慣れなくて落ち着かない。

（……最悪だな……）

昔の夢などを見てしまったのは、ベッドが寝慣れない広さだからだろうか。

いつも朝に弱いグラツィアーノだが、この森に滞在しているここ数日は夜に『仕事』もない。早くに眠りに就いている所為か、寝起きが良かった。

起き上がり、軽く身支度をして部屋から出ると、黒髪の男と鉢合《はち》わせる。

「げ……」

「おっと。お目覚めか番犬」

同じく部屋から出てきたのは、アルディーニ家の当主であるレオナルド・ヴァレンティーノ・アルディーニだ。

朝からひどい夢を見た上に、ひどい人物に出会ってしまった。相変わらず気に食わないその男は、グラツィアーノを眺めて面白そうに目を眇める。

「……なんすか」

「別に？　ただ、最悪な夢を見たって顔してるなーと」

（なんで分かんだよ。くそ）

自分が分かりやすいのかと危ぶむが、そうではない。アルディーニ家の当主であるこの男は、金色の目で何もかもを見透かしているのだ。

大袈裟かもしれないが、本当にそんな気にさせられるような洞察力で、人の触れられたくない部分に踏み込んでくる。

「おにーさんが相談に乗ってやろうか。逆に引っ掻き回してやるかもしれないが」

「はあ？　誰があんたに――……」

あからさまな揶揄いを拒もうとするが、グラツィアーノはふと思い直した。

「……じゃあ、ひとつだけ」

「ん？」

二階の客室前に延びているこの廊下は、吹き抜けになっている一階のエントランスからよく見える。すでに起きているであろうフランチェスカに見付からないよう、グラツィアーノは端的に切り出した。

「長く続いた家を継いで当主になるのって、一体どんな心境なんすか？」

「……あー……」

アルディーニは目を眇めて笑うと、廊下の手摺りとなっている柵に背を預けた。

「ふうん。なるほどなるほど」

「……今度はなんなんです」

「お前、カルヴィーノの養子にでもなる予定があるのか。ひとり娘であるフランチェスカが後継者にならない場合、お前がカルヴィーノの次期当主になる、と」

「…………」

本当に、忌々《いまいま》しいほどこちらの考えを見通してくる。グラツィアーノは静かに睨みつつ、心の中で後悔した。

(こんなやつに、聞くんじゃなかった)

アルディーニが返して来そうな答えを予想して、尋ねたことを後悔する。

(どうせ『精々頑張ってみれば？』とか、面白半分に囃《はや》し立ててくるんだろ)

この男と出会った数ヶ月のあいだに、散々そんな揶揄《やゆ》を受けてきているのだ。グラツィアーノが警戒していると、アルディーニは肩を竦めながらこう言った。

「……他人が築き上げたものなんて、下手に請け負うものじゃない」

「！」

その言葉に、グラツィアーノは目を丸くする。

「裏社会を牛耳《ぎゅうじ》る家の中でも、カルヴィーノ家は特に厄介だ。この国では三百年前、カルヴィーノ初代当主が国王をクーデターから守ったことをきっかけに、裏稼業の人間が王室と結ばれた」

「……」

「三百年経っても不変の信念が、容易くて軽いはずもないだろう？　実子だろうが養子だろうが変わらないさ。ろくでもない、その感想に尽きる」

「……なら」

アルディーニの言葉に警戒しつつ、睨んだままで問い重ねた。

「あんたは何故、当主を務め続けている？」

「――俺の目的に、利用するため」

そう答えたあとに、その男は悠然とした笑みで言う。

「なんてのは嘘で、権力を持つのが気持ち良いから」

「………………」

わざとらしく小首を傾げても、別に可愛くもなんともない。クラスの女子たちが見れば騒ぐだろうが、グラツィアーノには腹立たしいだけだ。

「さすがに今のは、いくらなんでも分かりやす過ぎますけど」

「ははは っ！」

心底おかしそうに笑うアルディーニを見て、グラツィアーノは溜め息をついた。

本音のようなものを垣間見せたのも、あからさまな嘘で覆い隠してみせたのも、恐らくは計算尽くなのだろう。

（振り回されるのが分かってんのに、どうしてもまともに話を聞きたくなる。こいつの一挙一動が、どうしようもなく目を引く……くそ、これが人心掌握術《じんしんしょうあくじゅつ》ってやつか）

経験の浅さが嫌になる。カルヴィーノの構成員として、大人に負けない修羅場を踏んできた自負はあるのに、この男の前では羽根よりも軽く感じられた。

アルディーニは身を預けていた柵から離れると、階段の方に歩き始める。

「でもまあ、お前には頑張ってほしいかな。俺とフランチェスカが結婚するにあたって、カルヴィーノの跡継ぎ問題は解消しておく必要がある」

「間違えないでもらえますか？　俺がカルヴィーノ家の養子になる計画は、あくまでお嬢の選択肢を広げる手段のひとつです」

グラツィアーノは立ち止まったまま、アルディーニの背中にこう告げた。

「お嬢が本気で家を継ぐのを拒んだり、あんたと本当に結婚してしまわない限り。カルヴィーノの次期当主はお嬢だけだ」

「……ごめんな」

「！」

その瞬間、グラツィアーノは思わず身構える。

アルディーニが謝罪を述べた瞬間に、辺りの空気が凍り付いたからだ。本能からの警告が、ただちに身を守れと告げている。

「俺はこの先何があっても、フランチェスカを手放すことはない」

「……っ、何を……」

「誰と抗争することになっても。国王の命令に背いても。彼女の大切な人間を、全員殺さなければ手に入らないとしても」

そう言って振り返ったアルディーニは、柔らかな微笑みを浮かべていた。

「お前がカルヴィーノの当主にならない未来は、お前が俺に殺されたときだけだよ」

「……あんた」

グラツィアーノは身構えたまま、先ほどよりも強くアルディーニを睨み付ける。

「やっぱりどう考えても、お嬢を幸せに出来そうもない人間だな」

「ははっ。奇遇だな、俺もそう思う」

ちょうどそのときだ。吹き抜けから見下ろす一階のエントランスに、フランチェスカが駆けてきた。

「あれ⁉　グラツィアーノがこの時間にひとりで起きてる、珍しい！」

「……お嬢」

「ちょうど朝ご飯が出来たみたい！　レオナルドも早く下りてきて。食べ終わったら作戦会議するよー！」

朝からよく通る元気な声に、グラツィアーノは息を吐き出した。

「ほら、さっさと行くぞ番犬。フランチェスカを待たせられない」

「あんたに言われるまでもありません。指図しないでもらえます？」

再び歩き始めたアルディーニからは、先ほどの冷たさが消えている。

「……」

グラツィアーノはその背中を見据えながら、フランチェスカのもとへと向かうのだった。

＊＊＊

「それでは、今日の作戦会議を始めます！」

フランチェスカは、ラニエーリ家に提供された別荘での朝食を終えたあと、立ち上がって堂々と宣言した。

この数日間、天気の良い朝は外のウッドデッキで朝食を摂ることも多かったが、今日の朝ご飯は食堂だ。赤い絨毯の敷かれた上品な食堂に、レオナルドのぱちぱちという拍手が響く。

「ありがとうレオナルド！　それで、まずはリカルドの情報だけど……」

「うむ」

テーブルの向かいに座るリカルドは、毎日誰よりも早起きだ。すでに完璧な身支度を整え、正しい姿勢で座っている。

「当家の構成員たちには昨晩も引き続き、サヴィーニ侯爵が滞在する屋敷の見張りに立たせた。初日から相変わらず、ラニエーリ家が警備をする外側からという形ですまないが……」

「ううん、すごく心強いよ。セラノーヴァ家の人たちは、どっしり構えた重厚な布陣が得意だもんね」

殺し屋に狙われている人を守る場合、とにかく敵を近付けないことが重要になる。特にこの世界では前世と違い、スキルという特殊なものが存在するのだ。

「我々の結界に接触した者も、屋敷に近付こうとする者も居なかった。……商談が行われる夜会まで日が無い中、悠長な動きなのが気になるな」

「ひとまず、外部から侯爵に近付く人が居ないかはこれからも注意したいなあ」

「任せろ。セラノーヴァ家の力が必要であれば、何処までも貸そう」

リカルドの家の面々は、みんな地道で誠実な調査をしてくれる。フランチェスカは改めてリカルドにお礼を言いつつ、右隣の席に座ったグラツィアーノを見遣った。

「グラツィアーノ。サヴィーニ侯爵が招待しているお客さんたちのことだけど……」

「それのことなら、リストは九割方完成しました」

「え、もうそんなに⁉」

フランチェスカが目を丸くすると、グラツィアーノは少し生意気な表情を浮かべて言うのだ。

「当然でしょ？　当主のお遣いをするときと同じルートを使えば、別に大して難しいことじゃないですし」

「ううん、それでも早いよ！　貴族や偉い人たちなんて、ここに招待されているのを伏せてる人ばかりなのに。グラツィアーノ、立派になったんだねえ……」

「っ、別に。これくらいの仕事、カルヴィーノ家の構成員にとっては日常茶飯事なんで」

フランチェスカがしみじみと言うのが気恥ずかしいのか、グラツィアーノは素直ではない。フランチェスカはくすくす笑いつつ、もらったリストを見下ろした。

（ここに書いてある人たちの中に、ゲームでグラツィアーノのお父さんを殺したキャラクターが交ざってる……？）

ゲームでは名前も立ち絵もない敵だが、この世界では現実に存在する人物だ。

「グラツィアーノ。我が家のみんなに頼んで、この人たちの素性を確認できるかな」

「すでにお願いはしています。シモーネ先輩に連絡を取ったら、もう数日かかりそうとのことでした」

「そっか。ありがとう！」

グラツィアーノの働きに感謝をしつつ、フランチェスカは考え込む。

（……素性を調べて暴いたって、それが何の役にも立たない可能性は高い。だって……）

ちらりと視線を向けたのは、左隣に座っているレオナルドだ。

テーブルの上に頬杖をついたレオナルドは、フランチェスカを見てくちびるで微笑んだ。恐らくは彼も、フランチェスカと同じ考えを抱いている。

（殺し屋は、『黒幕』に洗脳されて動いている人の可能性もあるんだ）

リカルドの父ジェラルドは、薬物騒動の犯人とされていた。

けれども実態は複雑で、ジェラルドは洗脳されていたのである。その犯人である『黒幕』こそ、ゲームシナリオの本当の敵だ。

「レオナルド……」

「……」

フランチェスカに呼ばれたレオナルドは、へらっと笑って脚を組む。

「俺は今日も引き続き、戦果無しだ」

「――――……」

軽薄に聞こえるその言葉に、グラツィアーノがふんと鼻を鳴らした。

「勝負をする気も無いのが相手じゃ、争う労力を払わずに済みますね」

「おいアルディーニ、そのように不真面目でどうするんだ？　これは貴様とグラツィアーノが陛下より賜った王命。俺とフランチェスカはあくまで補佐だ」

「いやあ、俺だって頑張ってるんだぜ？　森でフランチェスカと遊べそうな場所も探してるし、フランチェスカに絡んできそうな男たちを牽制《けんせい》してるし」

「……まあ、それも大事っすけど」

「だが、他を疎かにして良い理由にはならん」

男子たちがわいわいと話している中で、フランチェスカだけがレオナルドの真意に気が付いていた。

（きっとレオナルドが探しているのは、殺し屋じゃない）

問題を解決するにあたって、実行犯だけを捕らえれば良いという考えでは無いのだろう。

（狙いは最初から、『黒幕』の尻尾を掴むこと……）

その『黒幕』の行いが、レオナルドの父と兄の死に繋がった。

レオナルドはそう考え、だからこそアルディーニ家の当主を継いでからもずっと、『黒幕』に狙いを研ぎ澄ませているのだ。

「それに、お前は――」

「ん？」

そのとき、リカルドとレオナルドの視線が重なったような気がした。

「……」

レオナルドがへらっとした笑みを浮かべ、リカルドはどこか苦い顔をする。フランチェスカがそれを不思議に思っていると、レオナルドは椅子の背凭れに背を預けた。

「殺し屋のほうの調査は芳しくないが、多少なら調べられたこともある」

そう言って、内ポケットからとあるものを取り出す。リカルドはそれを見て、怪訝そうに眉根を寄せた。

「万年筆か？」

黒い軸に金色の装飾が施された、シンプルで上品なデザインの万年筆だ。レオナルドがくるくると指で回して弄ぶのを、リカルドとグラツィアーノは怪訝そうに眺めている。

「一体それがなんだというんだ」

「フランチェスカ。君はどう思う？」

「これ？　うーんと」

レオナルドから万年筆を受け取ったフランチェスカは、迷わずそのキャップを外す。

とはいっても、このまま書き物をする訳ではない。ペン先のついた首軸を持ち、胴軸を回して取り外すと、空洞になっている軸の中を覗き込んだ。

「あ。やっぱり何か入ってる」

「………………」

あっさり言ったフランチェスカを、リカルドが絶句して見詰める。フランチェスカはそれに気付かず、片目を瞑って望遠鏡のように胴軸を観察した。

「これ、筒状に丸めた紙だね。とんとんしたら出てくるかな？」

「な……何故すぐにそれが分かったんだ？」

「？」

リカルドに尋ねられ、フランチェスカは首を傾げた。

「万年筆を渡されたら、軸の中に秘密が隠されてるって疑うものじゃないの？」

「………………」

「え⁉　違う⁉」

雄弁な沈黙に動揺すれば、レオナルドが心底おかしそうに腹を抱えた。

「ははっ、最高だフランチェスカ！　さすがはカルヴィーノのひとり娘、裏社会のやり方を多種多様に把握している」

「いや、少なくとも俺はそんな場所疑ったことないっすけど。お嬢って本当に時々、どっから得たのか分かんない知識持ってますよね」

（ぎくう……‼）

グラツィアーノの尤《もっと》もな疑問に、フランチェスカは目を逸らした。

五大ファミリーは裏社会で生きる悪党だが、表向きは国王の配下についている貴族だ。必要悪の大義名分があるからこそ、後ろ暗いことも多くなく、何かを入念に隠すことは少ない。

（なんとなく堂々としている今世と違って、前世は日陰の存在だったから……！）

フランチェスカの祖父が率いる組でも、薬物などは禁じられていたとはいえ、それでも警察の目から隠したいものは沢山あったようだ。

フランチェスカは遠ざけられ、どういったものがボールペンなどの軸の中に隠されていたのかは分からなかったが、隠し場所になっていること自体は察せられた。

「っ、でも！　こうやってキャップが閉められる筒なんてほら、絶好の隠し場所じゃないかな⁉」

「…………」

「わあん、レオナルド‼」

リカルドとグラツィアーノの同意が得られず、レオナルドに助けを求めた。

くつくつと喉を鳴らして笑うレオナルドは、フランチェスカから受け取った万年筆から紙を取り出す。

「まあ、それほど厳重に隠すようなものでもないんだがな。同じ森の中にいる相手の悪口だから、うっかり見せて傷付けないようにと思って」

レオナルドが広げたその紙には、小さな文字で書かれた文章が敷き詰められていた。

「これ……」

最初に目に飛び込んできた文字に、フランチェスカは顔を顰める。

『一六五二年五月某日。サヴィーニ家からラニエーリ家に殺人依頼、ならびにその事実の隠蔽の痕跡あり』

そこに書かれているのは、今からおおよそ九十年ほど前の年数だった。

『一六五四年九月某日。サヴィーニ家の貿易の競争相手となり得る伯爵家で、不審火による火災が家には沈没に伴い、多額の保険金が支払われる』

『一六五五年三月某日。先述の沈没事故で使われていた船はサヴィーニ家所有のもの。サヴィーニ

『一六五五年二月某日。サヴィーニ家と同分野の商品を扱う商人が、商船の沈没事故により死亡』

発生。一家全員死亡。サヴィーニ家の関与が疑われる』

この調子で、嫌な事件が立て続けに並べられているようだ。

どうやら年代順らしく、フランチェスカが読んだ部分の前後にも、数十年に亘《わた》って同じような情報が記されている。

「『一七二九年二月某日。サヴィーニ家の跡継ぎとされていた長男が死亡、毒殺の可能性あり』だって。すごいよな」

「レオナルド。これ……」

「俺たちが守るべき侯爵閣下の家が『犯罪めいた真似をしては揉み消してきた』という、その膨大な歴史の記録だ」

組み立て直した万年筆を、レオナルドは先ほどのように指で回す。

「サヴィーニ家は表社会の住人でありながら、裏社会すれすれの真似をして事業を広げてきた。……そりゃ、殺し屋に狙われる訳だよな？」

「……」

月色をしたレオナルドのその瞳は、口を噤んでいるグラツィアーノに向けられていた。

グラツィアーノはそれを受けて、不機嫌そうな顔をする。

「揺さぶりでも掛けてるつもりですか？　言っておきますが、俺とその家は関係ない」

「『関係ない』で生きてきたなら、今更ここで関わる必要も無いだろうに。それに、いま危険なのは誰かさんの父親だけじゃないって分かってるか？」

「……？」

レオナルドはあくまで軽い口振りのまま、椅子の肘掛けに頬杖をついた。

「この国では、実子でなくとも家を継ぐことが出来る。だが、実際にそれを許して取り入れるのは、比較的柔軟な考えを持つ家だけだ」

「なにを……」

「リカルド。もしもお前が命を落とし、セラノーヴァ直系の血筋が絶えたとき、お前の家は血の繋がりがない他人を養子に迎えて跡を継がせるか？」

そんなことをレオナルドに尋ねられたリカルドは、少々面食らった顔をしつつも答える。

「いや。法律上問題がないことは分かっていても、我が家ではそのような選択は取らない」

それは、フランチェスカの父がグラツィアーノを養子に迎えることに決めたのとは、まったく別の判断だ。

「セラノーヴァ家の家系図を何代でも遡り、僅かでも当家の血を引く人間が連れて来られるだろう。それがたとえ、この世界の流儀を知らない人間であろうともだ」

（そうだよね。うちのパパは血筋にこだわらず、優秀なグラツィアーノを養子にしようとしてるけど、そんな判断をする家ばかりじゃない）

グラツィアーノもそこに異論はないのか、眉根を寄せたまま黙っていた。レオナルドは、万年筆をくるくる回しながら笑う。

「後継者にこだわる家にとって、当主の血を引いた子供っていうのは重要視されるんだよ。重宝する人間もいれば、邪魔に思う人間もいるだろうな」

「あんた、さっきから何が言いたいんです？」

「まあ、単刀直入に言うと」

万年筆をぴんと上に弾き、それをぱしっと空中で掴まえたレオナルドが、その先をグラツィアーノの方に向ける。

「ある日突然『当主の息子』が現れた場合。排除して別の人間に跡を継がせるために、その息子の命を狙う輩が現れてもおかしくないってことだ」

「……！」

グラツィアーノは、そこで初めてその可能性に思い当たったようだ。

けれどもそれは無理もない。

レオナルドたちのような立場ならともかく、長年孤児やただの構成員として生きてきたグラツィアーノにとって、自分の血筋の価値を感じたことなど一度も無かっただろう。

「自覚しろよ番犬。他人を殺し屋から守る以前に、お前自身が狙われている可能性もあるってこと」

「……俺は、そんなもの……」

「──はい！」

ふたりの会話に割り込むように、フランチェスカは挙手をした。

「お終いお終い、これで終了――――っ！」

「……お嬢」

重苦しくなった食堂の空気を吹き飛ばしたくて、大きな声でそう叫ぶ。喧嘩のようなやりとりを止めたかったこともあるのだが、フランチェスカが立ち上がった理由は他にもあった。

「ふたりとも、真面目な雰囲気をちょっと消しておいて！　もう十時になっちゃう、そろそろソフィアさんの所からお迎えの馬車が……」

ちょうどそのとき、食堂の扉をノックする音がした。扉を開けたのは、カルヴィーノ家で使用人を務めてくれている男性だ。

「フランチェスカお嬢さま。ラニエーリ家からの馬車が参りました」

「ありがとう！　すぐに行きますってお返事をお願い」

今日の予定を思い出してくれたのか、レオナルドが「ああ」と呟く。

「本当に借りに行くんだったか？　音楽鑑賞会で着るためのドレス」

「そうだよ、ソフィアさんとお姉さんたちに選んでもらうの！　今夜は湖のほとりで生演奏が聴けるんだから、ふたりとも夜まで仲良くね？　リカルド、仲裁をよろしく！」

「お嬢。ひとりで行くなんて危険です、俺も同行させてください」

「駄目だよ。今回は男子禁制、女の子だけで色々お喋りしましょうって約束の会だもん」

フランチェスカは指でバツの印を作ったあと、溢れる嬉しさを噛み締めた。

「うう、楽しみ……！　それじゃあみんな、行ってきます！　またあとでね！」

フランチェスカはそう言って、ぱたぱたと足早に食堂を出る。

三人だけが残された食堂で、どんな会話が繰り広げられたのかなんて知る由《よし》もないのだ。

「……まあさすがに。フランチェスカが何度もドレスを着替えて試着するような場所に、俺たちが無理やりついていく訳にはいかないよな」

「言っときますけど。お嬢で変な想像したらぶっ殺しますからね」

「ははは。フランチェスカを守ってるつもりかもしれないが、いま守られてるのはお前の方だからな？」

「……は？」

自分の居なくなった食堂で、レオナルドがグラツィアーノに告げたことだって、フランチェスカの耳には届かない。

「『夏休みを楽しむ令嬢』って名目で滞在してるこの森に、怪しまれるのを覚悟の上で、カルヴィーノ家の構成員を大勢連れて来ている意味を考えろ」

「……」

その言葉に対し、グラツィアーノは舌打ちをしたのだった。

＊＊＊

（よかった。誰もついてきてないみたい）

ソフィアの別荘に向かう馬車の中で、フランチェスカは窓の外を眺めていた。森の中に延びる道は、木々に遮られて見通しが悪い。

（三人とも紳士だから、『女の子だけで着替える』って言えば配慮してくれるはずっていう予想通りだ）

そんなことを考えながら、さりげなく馬車のカーテンを閉める。

（ここまでは、作戦通り）

フランチェスカは目を瞑ると、ドレス越しにお腹の辺りに触れた。

（防弾チョッキも着てる。この世界の技術力じゃ、防弾チョッキに弾を防ぎ切るような強度は無いんだけど、何もないよりはマシだよね）

深呼吸をし、ゆっくりと目を開いた、その瞬間だ。

「！」

馬の嘶《いなな》きが響くと同時に、フランチェスカを乗せた馬車が停まった。

（来た）

カーテンを閉め、わざと隙を作った甲斐があるというものだ。フランチェスカは集中を研ぎ澄まし、外の気配を探った。

（……うん。ゲームの通り）

そんなことを確かめながら、声だけは平常通りに御者へと尋ねる。

「あの、御者さん！　どうかされましたか？」

「申し訳ありませんお嬢さま。さっきまでこの辺りに狼でも居たのか、馬が怯えて動かないようでして」

「まあ。それはお馬さんが可哀想」

フランチェスカは馬車の扉に耳を当てて、外の物音を聞き逃さないようにする。

ドレスの裾に隠した銃を抜いて片手に持つと、ふーっと息を吐き出した。

「宥めるのには時間が掛かりそうです。よろしければお嬢さま、外の空気でも吸いながらお待ちになられませんか？　ちょうどこの辺りは小高い丘になっていて、景色がいいですよ」

「素敵ですね、是非そうします。……と、言いたい所なのですが……」

外に立っている人物が、同じく馬車の扉に触れた気配がする。

フランチェスカは扉から離れると、靴の踵《かかと》を外に向け、全力で扉を蹴り開けた。

「が……っ⁉」

「生憎と、小さな頃から教わっているので」

勢いよく開け放たれた扉が、外にいた人物に直撃する。大柄の男は鼻を押さえると、数歩後ろによろめいて倒れた。

フランチェスカは馬車から飛び出し、ドレスの裾を翻らせながら銃を構える。

残る三人の男のうち、先ほどまで手綱を握っていた男を見据え、静かに言った。

「——乗り物が予定通りに動かないときは、運転手を疑うようにって」

「くそ、小娘が‼」

フランチェスカを馬車に乗せた御者が、握り締めた鞭を振り上げる。

（原作では今日、相変わらずあんまり仲良くなれていない主人公とグラツィアーノが、ふたりでラニエーリ家の別荘に向かう日だ。けれど本物のラニエーリ家の迎えの馬車は、この人たちに妨害されて、私を迎えには来れていない）

フランチェスカは身を屈め、唸る鞭を地面に手をついてかわす。そのまま御者の懐まで飛び込み、手にしている銃で御者のみぞおちを殴ると、御者は濁った声を上げてくずおれた。

「な……っ⁉　スキルも使っていないのに、どうなっている⁉」

スキルなど存在しない前世から、フランチェスカは嫌と言うほど誘拐されてきているのだ。今世でもこんなときのために、体を鍛えて特訓をしている。

男たちは後ずさろうとしたが、そうもいかないのは計算済みだった。なにしろ彼らの背後では、森の地面が抉《えぐ》れたようになっている。

（丘なんて言い方をしてたけど、どう見てもちょっとした崖だよね。襲撃があるって知ってたのにひとりで来たなんて言ったら、みんな絶対に心配するけど……）

心の中で深く詫《わ》びながらも、フランチェスカは身構えた。残りふたりとなった男たちは、フランチェスカを忌々しそうに睨み付ける。

「おい、さっさと捕まえるぞ！」

「迂闊に近付けるかよ！　あのガキ銃を持ってんだぞ⁉」

「あんなもの飾りに決まってる、小娘に引き金を引く勇気がある訳ねえだろ！　脅しに……」

フランチェスカは銃口を向けると、男に向けて引き金を引く。ぱぁん！　と破裂音が響いたあと、男のひとりがどさりと倒れた。

「こいつ……！」

「実弾じゃなくても。当たる場所が悪いと相当痛くて、男の人を気絶させるくらいは出来ます」

樹脂で作ってもらったその弾を使うと、それなりの威力が発揮される。骨くらいは折れる武器となるのだ。

「は。護衛なんぞ付けなくとも、十分戦えるお嬢さんだったとはな。ひとりでふらふら出歩いてんのも、お供は却って邪魔だって訳か？」

（そうじゃない。……だけど、ゲームでは……）

フランチェスカの脳裏に過《よ》ぎるのは、ストーリーで描かれたワンシーンだ。主人公はグラツィアーノに縋り付き、必死に叫んでいた。

『グラツィアーノさん!!　……グラツィアーノさんお願いです、しっかりしてください……!!』

『……うるっさいな……。喚かないでもらえますか、余計最悪な気分になる……』

『だって……。私を庇って、こんな怪我……!!』

スチルに描《えが》かれるグラツィアーノは、腹部から大量の血を流した姿だ。

主人公はグラツィアーノを前になすすべもなく、それでもなんとか構成員に助けを求めて、グラツィアーノを病院に運び込んでもらう。

（それからグラツィアーノが王都で治療を受けて、主人公も調査が続行できなくなっている間に、グラツィアーノのお父さんが殺された知らせが入っちゃう。ゲームでその流れが決まってる……)

　フランチェスカには、ひとつの予感があるのだった。

(薬物騒動を追っているときは、ゲーム一章で起こることの大枠が同じまま、所々の配役や細かい出来事が違う形で進んでいった)

　そうやってどれだけ回避しようとしても、フランチェスカはゲームの出来事に巻き込まれる。

(リカルドと行動するはずの夜会に、レオナルドと一緒に行ったり。リカルドが撃たれそうになるのを私が庇うはずが、私が撃たれそうになったのをパパが庇ってくれたり……)

　それはつまり、ゲームにおける大きなイベントは、類似するイベントに置き換わってでも強制的に発生するということだ。

(このシーンに、私以外の誰かが一緒に居た場合。その人が大怪我をして、何日も苦しむことになる……)

　だからこそフランチェスカは、この馬車に自分以外の誰も乗せる訳にはいかなかった。

　残るひとりの男と対峙し、互いに銃口を突き付け合いながらも、フランチェスカは銃を握り締める。

(私だけでこのイベントを迎えたら、私が撃たれる可能性もある。でもきっと撃たれたのが私なら、それは致命傷にはならないんだ。だって)

　転生先である『フランチェスカ』は、ゲーム世界の主人公なのである。

(考えたくもないことだけど。他の主要キャラクターが死んじゃった場合も、メインシナリオは別のキャラクターに置き換わって進む可能性がある。だけどただひとりだけ、どうあってもストーリ

ー上で別の人間に変えられないのは、主人公の私だ）

フランチェスカの物語は、フランチェスカが死ねば描かれることはない。主人公が変わったとしたら、それは別の物語になる。

（私を中心にして巻き起こるシナリオ。私が私である限り、絶対に回避できない物語。私だけがその中で死なない保証を持つ、そんな運命なんだとしたら……）

隙のない男から銃口を逸さないまま、フランチェスカは腹を括った。

（こんなとき、危ない目に遭うのは私だけでいい。主人公に生まれたのに物語から逃げて、完遂させるつもりがない悪党である私の、絶対に貫かなくちゃいけない覚悟……！）

悪党は、無関係の人間を巻き込んではいけないのだ。

男を静かに見据えると、彼の銃が僅かに揺れる。

「く……っ」

急所を狙うだけの隙が生まれた。フランチェスカが、殺傷をせずに済む樹脂弾で彼の顎を撃とうとした、その直後である。

「──お迎えに来たわよ、フランチェスカちゃん！」

「！」

森の向こうから、女性の甘い声がした。

「あら？　気の所為かしら。綺麗な赤い髪が見えた気が、したのだけれど……」

（そんな）

フランチェスカが振り返ると、ほっとしたような明るい声がする。

「やっぱり居た、フランチェスカちゃん！　馬車の轍《わだち》を追ってきて正解、ね……」

森の奥から現れたのは、美しい女性だ。川原でサヴィーニ家の人間に追われ、グラツィアーノがそれを助けた、ラニエーリ家の娼婦のひとりである。

華奢な肩にストールを羽織った女性は、きょとんと不思議そうにまばたきをした。

「え……？　これは、一体」

「この女……くそっ!!　顔を見られたからには……!!」

「駄目!!」

男の銃口が女性に向き、フランチェスカは咄嗟に引き金を引いた。樹脂の弾は男の腕、それから腹に直撃するが、蹲《うずくま》った男はそれでも引き金を引こうとする。

「い、嫌……っ!!」

（狙いを定めてる時間がない……!!）

怯えて座り込んだ女性を前に、フランチェスカは駆け出した。彼女と男のあいだに飛び込んで、銃弾の盾になろうとする。

（結局、大枠はシナリオの通りに……！）

撃たれる未来を確信し、ぐっと息を詰めたそのときだった。

「が……っ!!」

「!?」

雷鳴のような光が走り、男が悲鳴を上げる。

（レオナルドのスキル!?　でも、なんだかちょっと違う気がする……！）

何が起きたのかは分からなかったが、迷っている暇はない。フランチェスカはそのまま男の懐に飛び込むと、その腕にしがみ付いた。

「銃を、渡して……！」

「っ、離せ!!」

凄まじい抵抗に遭うものの、男の握り締めた銃を掴み、安全装置を掛けることに成功する。

男の握り拳が振り翳《かざ》され、フランチェスカが殴り付けられそうになった、その瞬間だ。

「……っ!!」

もう一度、誰かのスキルによる光が走った。

男の手が銃から離れ、引っ張り合いをしていたフランチェスカが後ろに投げ出される。

「――――あ」

フランチェスカが目を見開いたのは、その先が切り立った崖だったからだ。

「フランチェスカちゃん!!」

「お願いです、逃げてください……!!」

女性に向けてそう叫ぶと、女性は泣きながら頷いてくれる。

（よかった……）

心から安堵したフランチェスカは、そのまま崖下に転落していったのだった。

4章　月の光

「……つまりは、こういうことなんだね」

ラニエーリ家の女当主であるソフィアは、その報せを受け取ったとき、煙草の煙を深く深く吐き出した。

「当家の御者がふん縛られて、馬車が乗っ取られ。乗っていたはずのカルヴィーノのお嬢さんは勇敢に戦うも、うちの娼婦を庇おうとして身を挺《てい》した」

「はい。当主」

その報告に上がったふたりの部下が、緊張に背筋を正している。ソフィアは脚を組み替えると、ソファーの背凭れに身を預けた。

「――そしてお嬢さんは、崖から落ちて行方不明？」

「は……」

部下のひとりが頷き、彼が知っている情報をすべてソフィアに説明した。

「現在、アルディーニ、カルヴィーノ、セラノーヴァ三家の構成員が総出で探しているようです。転落後に拉致されている可能性を踏まえ、アルディーニの当主より、森の中を広範囲で探す許可が欲しいと……」

「当然だろう、どこに立ち入っても構わないと伝えてやりな」

「当主にそう仰っていただき安心しました。その……」

ソフィアが首を傾げると、部下はどこか青褪《あおざ》めた様子で口を開く。

「アルディーニの当主が、無表情なのに尋常ではない雰囲気で……。断ればどのような抗争も厭《いと》わないという、そんな態度だったものですから」

「……アルディーニか」

転落したカルヴィーノ家のご令嬢は、アルディーニの婚約者だ。

先日ふたりで過ごしている様子からも、アルディーニが彼女を大切にしていることは明白だった。

「客人たちにも、捜索が入ることの事情を話しておきな。後日最高の埋め合わせをすると約束すれば、多少は納得するだろう」

今日この森を訪れている客たちは付き合いが長く、サヴィーニ家の侯爵を除けば話が分かる。ソフィアはその算段を付けながらも、部下に続けて確認した。

「お嬢さんを襲った賊どもはどうなってる？」

「気絶した人間は全員拘束して、これから尋問に掛けます。しかしイザベラの話によれば、残るひとりが見付かっていません」

「この森に侵入した輩も、侵入させた人間も許すつもりはないけどね。追い詰めるのはお嬢さんの安全を確保してからだ。うちの構成員も捜索に参加させるよ」

「そう仰ると思い、すでに手配してあります」

「上出来。それから娼婦たちに言って、風呂と着替えを用意させてくれるかい？」

ソフィアが見遣った窓の外は、昼間だというのに薄暗い。

先ほどから降り始めた雨は、あっという間に大粒の土砂《どしゃ》降りとなっていた。崖から落ち、奇跡的に軽傷だったとしても、この雨に打たれては衰弱してしまう。

「うちの近くで見つかったら、すぐにでもお嬢さんを温められるように。いくら八月だからって、体温が奪われたら危ない」

「承知しました。それでは」

部下たちが足早に退室する。ひとり部屋に残ったソフィアは、再び煙草を咥えて吸い込んだ。

「……まだまだ、この後も荒れそうだね」

窓を叩く雨の向こう側では、灰色の雲が無数の雷光を纏っている。

＊＊＊

「っ、はあ……」

大粒の雨が降り頻《しき》る中、フランチェスカは肩で息をしていた。

切り立った崖の下で、僅かに張り出した岩の下に入り、少しでも雨を凌《しの》ぐ。雨の飛沫《しぶき》で霧のようにけむる森の中には、フランチェスカ以外の気配は無い。

（お姉さんは無事だったかな。みんな心配してるよね、ごめんなさい……）

申し訳なく思いながらも、他に怪我人が居ないことを祈るばかりだ。

（それにしても）

フランチェスカは自らの体を見下ろして、独り言を呟いた。

「……主人公の力って、本当にすごいなあ……」

フランチェスカが落ちたのは、それなりに高さのある崖だったのだ。

落ちながら受け身は取ったものの、さすがに大怪我を覚悟した。『シナリオの大枠通り』の出来事として、フランチェスカが大怪我をして王都に連れ戻される可能性も脳裏に過ぎったのである。

けれども結果として、途中の木に何度も引っ掛かったフランチェスカは、ほとんど無傷で崖の下の森に落ちたのだった。

（ちょっとした擦り傷くらいで、あとは本当にどこも痛くない。死んでもおかしくなかったのに）

いま直面している困難は、この雨と、上に登るのが少し大変そうだという点だ。

（もうちょっと雨が当たらない場所を探したい気もするけど、落ちた地点から離れるのは良くないよね。木の下だと雷が落ちてくるかもしれないし、ここが一番）

きょろきょろと辺りを見回したフランチェスカは、そこで気合を入れ直す。

（シナリオやスチルでも、このシーンでは雨が降ってた。だけど、そのあと夜までには止んでたはず！　それまで体力を温存して、動けるようになったら帰ろう）

少し体が冷えてきた。真夏といえど、雨に当たり続けていては無理もないのだろう。

（……みんなに心配かけないうちに、なんでもない顔で帰れたら良かったのに）

そんなことを考えて、フランチェスカは俯く。

（私ひとりの状況を作り出しても、結局はお姉さんっていう『ふたりめ』が現れちゃった。片方を庇おうとして、もう片方が危ない目に遭うのも同じ……シナリオの出来事は、『解決』出来ても『回避』は出来ないのかな？）

しかし、そもそもフランチェスカが目指すべきは、あそこで誰も撃たれそうにならないということだ。

娼婦の女性が撃たれそうになったことを、なんとか防ぎはした。

（シナリオに背こうとしても、結局は似た悲劇が起きるなら。グラツィアーノのお父さんを殺させないために動いても、助けることが出来ないかもしれない。もしくは）

雷鳴の轟《とどろ》く音が聞こえる。フランチェスカは無意識に、ぎゅっと自分の体を抱きしめた。

（代わりに、誰か別の人が死んじゃう可能性だって……）

寒さに体が震えてくる。凛と立っていたいのに、奪われた体温がそうさせてくれない。

（変なことを考えちゃ駄目。この先に起こるたくさんのイベントも回避する、死んでしまう人たちは全員助ける。私がまっとうなシナリオから逃げることの責任を果たして、それで……）

そんな考えが無駄かもしれないなんて、思いたくなかった。けれどもフランチェスカはしゃがみこみ、小さな声で呟いてしまう。

「……こわいなあ」

雨の飛沫が強くなり、地響きのような雷鳴が大きくなった。

（私が主人公だから、シナリオが完遂されるまでは死なない）

この崖からの転落は、そのことをフランチェスカに確信させたのである。

それから、もうひとつの可能性もだ。

（……私が主人公だから、周りのみんなをゲームの出来事に巻き込んじゃう……？）

そんな考えが浮かび、胸が苦しくなる。

きつく目を閉じたフランチェスカは、しかし次の瞬間、再び聞こえた地響きの音に顔を上げた。

（この音、雷じゃない）

振り返って見上げたのは、フランチェスカの背後の崖だ。

張り出した岩は、フランチェスカを確かに雨から守ってくれている。けれどもこの音は、背後の崖から聞こえてくるのだ。

それに気が付いた瞬間、フランチェスカが見上げる岩が、ゆっくりとこちらに傾いたように見えた。

「うわ……」

崖が崩れる。

突発的に理解したが、今から逃げても間に合わない。フランチェスカは咄嗟に両手を口元にやり、埋められたときに呼吸するための空間を確保しようとする。

そのときだった。

「……っ!!」

目の前に凄まじい光が走り、氷の壁が作られる。

岩ごと崩れて来た崖が、氷の壁によって堰《せ》き止められた。フランチェスカは目を見開いて、後ろの人物を振り返る。

「レオナルド‼」

肩で息をするレオナルドが、フランチェスカを見て苦しそうに表情を歪めた。

（助けに、来てくれた）

フランチェスカは急いで彼の方に駆け出す。

指先が冷たくて震えていても、雨に濡れることを構っていられない。

「レオナルド！　ごめんね、ありが……」

無表情で一言も発さなかったレオナルドが、フランチェスカの体を強く抱き締めた。

その腕の力があまりに強く、フランチェスカは目を丸くする。レオナルドは、フランチェスカの首筋に額を押し当てると、独り言のように小さくこう呟く。

「……生きてる」

「！」

レオナルドの声が掠《かす》れていて、フランチェスカは心臓がずきりと痛んだ。

「……ごめんなさい、レオナルド」

どれほど心配を掛けるのか、十分に想像はしていたつもりだ。それでも目の当たりにしてみれば、フランチェスカの想いなど浅かったのだとよく分かる。

「本当にごめん。きっと驚かせたし、必死に探してくれて…………わ⁉」

「鼓動《こどう》が鳴っている」

背中と腰に回された腕の力が、ぎゅうっとますます強まった。

「動いている。体温もある……」

レオナルドはひとつずつ言葉にしながら、フランチェスカの首筋に自身の額を擦り付ける。

その仕草はまるで、小さな子供が甘えているかのようだった。

「レオナルド」

「…………」

彼はそこでようやく体を離すと、フランチェスカの顔を覗き込む。

無表情のまま、フランチェスカのくちびるに親指でそっと触れて、確かめるように言葉を紡いだ。

「……君がまだ、息をしている……」

「……っ」

レオナルドはきっとこれまでに、それらを失った人たちをたくさん見てきたのだ。

もう一度「ごめんなさい」と告げようとした。そんなフランチェスカの言葉は、スキル発動の光によって遮られる。

「え⁉」

土砂崩れを起こした崖の一部が、爆ぜるような音と共に吹き飛んだ。

「わ……」

レオナルドは左手でフランチェスカを抱き寄せると、自分の体で庇うようにしながら、その右手を崖に翳す。

レオナルドのスキルによって抉れた穴は、雨が凌げる洞窟《どうくつ》のようになっていた。

更にスキル発動の光が走り、地面から岩が突き出して、まるで柱のように洞穴《ほらあな》を補強する。

レオナルドはフランチェスカの体を抱き上げ、その急造《きゅうぞう》の洞窟に向かって歩き出した。

「れ、レオナルド!!」

「…………」

レオナルドにしがみつきつつ、慌てて彼を呼ぶ。けれどもレオナルドは無言のまま、洞窟に入る寸前に立ち止まりもせず、後ろの木に右手を翳した。

スキルの光は炎となって、森の木に纏わり付く。恐らくレオナルドはこの木を燃やし、煙によって狼煙《のろし》にするつもりなのだ。

(今のだけで何個スキルを使ったんだろう!? 絶対に、ものすごく珍しいスキルや強力なスキルの組み合わせ……!)

先ほどあんなに脆《もろ》く崩れた崖が、しっかりとした雨よけの洞穴になっている。けれども今は、それを口に出すような空気ではない。

レオナルドはフランチェスカを地面に下ろすと、抱き締めた腕を離す前に、更にもうひとつスキルを使った。

「このスキル……」

それが何かはすぐに思い当たる。光の玉がふわふわとフランチェスカの周りを漂い、擦り傷が出来ていた箇所などに触れていった。

（傷交換のスキルだ。レオナルドが、亡くなったお父さんから貰った……）

小さな小さな擦り傷ばかりで、見た目で分かるような負傷などしていない。それなのにレオナルドはフランチェスカを回復するため、真っ先に傷を引き受けるスキルを使ってくれている。

「……勝手なことばかりしてごめん。だけどレオナルド、ひとつだけ教えて……」

「ラニエーリ家のお姉さんは、怪我したりしていなかった……？」

先ほどからずっと無言のレオナルドに、フランチェスカは恐る恐る尋ねる。

「…………」

フランチェスカを抱き締めていたレオナルドが、そこで大きく息を吐いた。

「無事に帰ったよ。……自分が死んでもおかしくなかった状況下で、それが一番の心配ごとか」

「お、怒るよね。危ないことして心配も掛けて、ごめんなさい……」

「……」

レオナルドは、フランチェスカの濡れた髪をそっと撫でて言う。

「君に怒ってなんかいない」

「でも……」

「俺がいま腹を立てているのは、君を襲った連中や崩れてきた崖に対して」

「が、崖？」

「そして何よりも、みすみす危険な状況を許した自分にだ。……フランチェスカを喪《うしな》った世界に、なんの価値もありはしないのに」

ぎゅうっと抱き締めてくる力は弱い。

けれどもそれは、フランチェスカに縋り付いて懇願するかのような、そんな切実さを帯びたものだ。

「……俺の傍から居なくなる気なら、せめて、俺を殺してからにしてくれ……」

「……レオナルド」

祈るようにそう告げられて、フランチェスカはレオナルドをおんなじように抱き締め返した。

「居なくならない。……約束する」

「どうかな」

レオナルドは小さく笑い、恐らくはわざと意地の悪い言い方をした。

「君はこんなとき、案外嘘つきだ」

「そう知ってても、死なないって信じて」

ゲームの結末を迎えない限り、フランチェスカがこのシナリオから降ろされることはない。

それを説明したところで、レオナルドはきっと心配を止めないような気がした。だから結果として、根拠のない断言になってしまう。

「……」

レオナルドはフランチェスカを一度離すと、洞穴の出口を振り返った。

「早く安全な場所に連れて行ってやりたいが、この雨に打たれながら移動させる訳にはいかないな。

狼煙を見た奴が雨具を持って迎えに来るか、雨が止むのを待とう」

「ごめん。レオナルドまで巻き込んじゃった」

「何故謝るんだ？　俺は君に巻き込まれて、ぐちゃぐちゃに引っ掻き回されたいのに」

そんなことを言いながら、彼は濡れた上着のボタンを外してゆく。

「もっとも。今回みたいに、君に危険が及ぶことだけは勘弁してほしいが」

「！」

フランチェスカの肩に、レオナルドの上着が掛けられた。

たとえ濡れているとはいえ、フランチェスカのドレスよりもずっと暖かい。けれどもこんな天気の中では、それに甘える訳にはいかなかった。

「駄目だよレオナルド、借りられない。レオナルドだってシャツまで濡れてるし、寒いでしょ？」

「どうかそのまま着ていてくれ。お願いだから」

「でも……」

「あー……。フランチェスカ」

レオナルドは目を瞑り、中指で彼自身の胸元をとんっと叩く。どこか気まずそうな様子は、とても珍しいものだ。

「俺の為にも」

「？」

どんな意味を持つ仕草か分からずに、フランチェスカは首を傾げた。そのあとでふと気が付いて、自分自身の胸元を見下ろす。

「……あ!!」

夏用の薄いドレスが、雨で濡れて肌に張り付いていた。中に着た黒いキャミソールドレスの肩紐や、谷間の辺りを透かしている。

「うわあ！　本当にごめんなさい、変なこと気にさせちゃった……!!」

「良い子だ。そのまましっかり上着を羽織って、開《はだ》けないようしっかり押さえておいてくれ……」

レオナルドの上着はぶかぶかで、ボタンを留めても隠れない。フランチェスカはその上着を体に巻き付けるように抱き締め、こくこくと頷いた。

「あとはここでじっとして、少しでも体力を温存しよう。ふかふかのソファーでもあればよかったんだがな」

「……たくさん助けてくれてありがとう。あのね、レオナルド」

フランチェスカは、レオナルドに会えたら聞きたかったことがあったのだ。

（私がお姉さんを庇おうとして、撃たれかけたとき。誰かがスキルで助けてくれたから、怪我をせずに済んだ）

最初はレオナルドかと思ったものの、その後で別人のように感じたのだ。

それはあくまで予感にしかすぎず、きちんとレオナルドに確かめるつもりだった。けれどもレオナルドの様子を見ていたら、やはりあのとき近くにはいなかったと確信できる。

「実はさっき、崖から落ちる前にあった出来事なんだけど――……」

そうしてフランチェスカが話し始めたことを、レオナルドは静かに聞いていた。

少しでもレオナルドのヒントになるよう、なるべく丁寧に状況を伝える。フランチェスカの主観が交じるところにはその注釈を付け足しつつ、謎の人物についての説明を終えた。

「……陰から見ていた人間が、そうやって君を助けた」

「うん」

フランチェスカは頷きつつ、念の為に尋ねる。

「誰かが私に内緒で護衛を付けていたとか、そういう訳じゃないんだよね？」

「そうであれば君が落ちた後、もっと迅速に情報が回ってきたはずだ。ラニエーリ家の娼婦は、逃げながらも森の中で何度も足を取られ、なかなか別荘に辿り着けなかったらしい」

「……私を襲ってきた人たちは？　全部で四人いて、三人は気絶させられたはずなの」

「その三人は森の中で見付かった。――残るひとりは多分逃げたが、どんな手段を使ってでも追い詰める」

情報を聞き出すためには殺さないはずだが、レオナルドの言葉に冷ややかさを感じた。心配になりつつも、今は本題を続ける。

「そのスキルを使った人のことを、少し気にしていてほしいんだ。根拠は説明しない方がいいと思うんだけど、その人はきっと……」

「――恐らくは、俺が探す人物に近い」

レオナルドの言葉に、フランチェスカは目を伏せた。

（この王都に薬物を流通させて、リカルドのお父さんを洗脳した人物。ゲーム世界のシナリオで、ラスボスだと見せ掛けられていたレオナルドの陰に隠れた『黒幕』……）

そしてレオナルドは、こうも考えているのである。

（七年前、レオナルドのお父さんとお兄さんが敵対ファミリーに裏切られて殺された。その事件の糸を引いた可能性が高い存在）

先ほどフランチェスカを助けた存在は、その黒幕側の人物ではないだろうか。

（私がそう予感した理由は簡単だ。グラツィアーノのお父さんが殺される暗殺事件は、ゲームシナリオのメインストーリーだもん）

ゲームではレオナルドの思惑とされていたが、そうでないことはもう知っている。

だとしたら、この暗殺事件は黒幕の関わる問題だろう。

（現場となるこの森にいて、強力なスキルを持っている人。そんな重要キャラクターのうち、この時点のゲームシナリオでは描かれていない人がいるとしたら）

先ほど目の当たりにした、雷のようなスキルの光を思い出す。

（……それは、黒幕側の主要人物だ）

レオナルドの敵となる人物が、フランチェスカを助けてくれたのかもしれない。

フランチェスカが伝えたかったことを酌み取ったレオナルドが、月の色をした金の瞳をすがめる。

「ひとつだけ答えてくれ。フランチェスカ」

「どうしたの？」

首を傾げると、レオナルドは真摯なまなざしでこう尋ねた。

「君はそれを確かめる為に、こうして囮《おとり》めいた真似をしたのか？」

「！」

その問い掛けに目を丸くするも、すぐに首を横に振る。あの場面で助けてくれる人物がいるなんて、そんなことは予想出来ていなかった。

「違うの」

グラツィアーノが撃たれるイベントを回避して、誰も傷付けないまま対処したかった。

けれども結局は上手くいかず、あの娼婦の女性が狙われそうになり、庇おうとしたフランチェスカが撃たれる寸前だったのだ。

謎の人物が助けてくれなければ、弾丸はフランチェスカを撃ち抜いていた。

「……助けたい人がいたんだ。結局はこんな風に、失敗しちゃったんだけど……」

そう口にして改めて、助けがなければどうなっていたかを想像する。

もしかしたらフランチェスカが失敗し、娼婦の女性を危険な目に遭わせていたかもしれない。それを免れたあとも、フランチェスカはこうして崖に落ち、調査を離脱することになりかねない状況に陥ったのである。

そうなれば、グラツィアーノの父はこの世界でも殺されていた。結末を知っているフランチェスカがいながら、むざむざ死なせてしまう羽目になっていたのだろう。

（変えようとしても駄目だった、なんて。……そんな風に思いたくないのに、同じ考えがぐるぐるしてる……）

フランチェスカは無意識に、自分の体を抱き締めた。

（シナリオ、ストーリーと似た出来事が起こる日々の中で、私だけが死なない。崖から落ちたって生き延びる。だけど私が『主人公』である以上、周りを巻き込んで……）

体が震えているのを自覚した、そのときだ。

「フランチェスカ」

「！」

フランチェスカが羽織らせてもらっていた白い上着に、レオナルドの手が触れた。

「ごめんな。この上着、やっぱり脱げるか？」

レオナルドも寒くなったのだろうか。フランチェスカはすぐに頷き、ぱっと腕を離す。

「うん、もちろん！　貸してくれてありが……」

フランチェスカがお礼を言い切る前に、肩に掛かった上着が下ろされた。

体を引き寄せられ、レオナルドに後ろからぎゅうっと抱き締められる。

「レオナルド？」

「こうした方が温かい」

くっつくと、お互いの体温ですぐに温まっていくのを感じた。生地の厚い上着を着ていたら、きっと温度は伝わらなかっただろう。

レオナルドは、フランチェスカのつむじの辺りに自身の額を当てると、ごく小さな声でこう呟く。

「……君が震えているのを見るのは、耐えられない」

「…………」

その理由が寒さだけではないことを、レオナルドは恐らく見抜いていた。

「きっと、この先にね」

フランチェスカは俯いて、揺らいでしまいそうになるのを堪えながら言う。

「……私にしか守れない人たちが、何人もいるの」

生まれ変わった先の存在が、ゲームの主人公である『フランチェスカ』だった。

そのことは、前世が極道一家の孫娘だったことや、いまの身分がカルヴィーノ家のひとり娘であることと同じくらいに避けられない問題だ。

「私がちゃんと動けたら、助けられるかもしれない。不幸にならずに済むかもしれない。そんな人たちが、たくさん」

「……フランチェスカ」

「私は平穏で平凡な、普通の人生を送りたいんだ。……おんなじくらい、私が守れるはずの人たちにも、こんな風に生きたいっていう望みがあるはずで……」

フランチェスカがシナリオを逆手に取れば、その望みは叶えられるかもしれないのだ。

けれども逆に、そうやって足掻こうとしたことで、シナリオとは別の誰かを傷付けるかもしれない。焦燥《しょうそう》が、心の奥底から湧き上がってくる。

「その人たちを守れなかった先に、私の『平穏な人生』なんて存在しない。だけど」

レオナルドに触れている背中が温かい。

それなのに、どうしても声が震えてしまった。

「……守れなかったら、どうしよう……」

「…………」


小さな頃の思い出の話で、グラツィアーノに内緒にしていることがある。

記憶を取り戻したフランチェスカは、一番にグラツィアーノを探したのだ。ラニエーリ家管轄の貧民街で、見付からないようにこっそりと、母を亡くして頑張っている男の子を尋ねて回った。

あの頃はまだ父も冷たく、構成員たちの協力も得られない中で、ラニエーリ家の縄張りに入ることも許されない。

そんな中でも必死に探したはずなのに、グラツィアーノと出会うことは叶わなかった。

(あの時からずっと、ゲームシナリオに逆らえていなかったんだ)

その後にグラツィアーノがやってきて、彼と仲良くなれたことで、ゲームの運命を変えられたと思っていた。

けれども本当に変えられるものなのであれば、グラツィアーノが実父の命令に傷付けられる前に、あの貧民街から連れ出せていただろう。

「なんて。……えへへ、変なこと言っちゃった」

こんな弱音を吐いたって、レオナルドを困らせるに決まっている。そう思って照れ笑いを浮かべようとしたが、上手く出来ない。

「フランチェスカ」

レオナルドの体が一度離れたかと思えば、今度は彼と向かい合うように引き寄せられた。

大きな手がフランチェスカの頬をくるみ、上を向かされる。レオナルドの額が、フランチェスカの額にこつんと重なった。

「まずはひとつだけ、覚えていてくれ」

「……？」

フランチェスカが瞬きをすると、目を閉じたレオナルドがこう紡いだ。

「──俺のすべては間違いなく、君の存在に救われている」

「！」

フランチェスカは何処か途方に暮れたような気持ちで、ふるふると首を横に振る。

「そうじゃないよ、レオナルド」

髪から透明な雫が落ち、星みたいに瞬いた。

「助けてもらってるのは私の方だもん。レオナルドは、ずっと私を」

「俺の持ち得る献身を全て捧げたって、君のくれる光の眩さには及ばない。……敵うはずもない」

レオナルドはそう言って、祈りにも近い言葉を重ねる。

「もちろん時々、恐ろしくもなるんだ」

「……？」

フランチェスカを抱き寄せるレオナルドの腕に、縋るような力が込められた。

「世界で誰より強い力を手にしたって、君を守るためには足りないように思える。君はきっと、平気で誰かを庇って死ぬ側の人間だから」

「っ、それは……」

告げられて、前世のことを思い出す。

フランチェスカは撃たれそうになった祖父を庇い、そうして命を落としたのだ。

幼い頃、父と兄に庇われて生き延びたというレオナルドは、フランチェスカの前世を見抜いているかのようだった。

「君が君である限り、そうすることは止められないんだろう？」

「……レオナルド」

「周りの人間を平気で置いていく。君はそんな、やさしくて残酷な女の子だ」

彼がそんなことを考えていたと、フランチェスカは初めて知った。

「ごめんね。やっぱり私、心配ばっかり掛け……」

「だが」

降りしきる土砂降りの中においても、レオナルドの声ははっきりと耳に届く。

「――だからこそ君は、大切なものを必ず守り抜く力を持っている」

「……！」

そう告げられたことに、フランチェスカは思わず息を呑んだ。

「……ほんとうに？」

レオナルドが話してくれたことには、何かの根拠がある訳ではない。

それでもフランチェスカの心臓に、冷え切っていたはずの指先に、レオナルドの分けてくれた温かさが巡り始める。

「レオナルドが私のことを、そんな風に言ってくれるの？」

「当然だろう？」

レオナルドの腕が離れたかと思えば、彼の手がフランチェスカを振り返らせる。

「だって君は、俺にとって唯一の眩い光だ」

「……！」

見上げたレオナルドの双眸は、穏やかな月の金色だった。

真っ暗な中でも明るく輝き、見守るように道を照らしてくれる、そんな月光を宿した瞳だ。

「君を守り切れるかという点では、俺自身ですら信用出来ない。だからこそ俺は、自分以外の誰にも君を守らせたくなかった」

「ん……っ」

フランチェスカの濡れたまなじりに、レオナルドが軽い口付けを落とす。

「だが考えを改める。どうやら君を幸せにするには、あらゆる存在を利用する必要がありそうだからな」

「利用……？」

「君を生かして守ろうとするものが他に居るのなら、そのすべての力を使ってでも。……それが君を狙う人間の力だろうが、誰のものであろうが関係ない」

レオナルドのくちびるが、フランチェスカの額にそっとキスをした。

「君と、君の守りたいものを守れるように。君のその眩い力があれば、俺はなんだって出来る」

息を呑んだフランチェスカを見下ろして、レオナルドはやさしく微笑むのだ。


「──君の望まない運命は、俺が必ず変えてあげるから」

「……！」


そんな誓いを紡がれて、フランチェスカは思い知る。

（シナリオを変えられなくて当然だ。誰かの運命を、私がひとりで変えられる訳がないんだから）

主人公としての責務なんかに気を取られて、そんなことにも気付けなかった。

（レオナルドの言う通り。誰かを幸せにしたいなら、私だけで戦おうとしちゃいけなかった）

守りたい人がいるのなら、その人を無理に巻き込んででも。

そうやって、結末を変えるために足掻く必要があるのだ。

「……ありがとう、レオナルド」

頬に添えられたレオナルドの手に、自分自身の手を重ねる。

「やっぱり助けてもらってる」

「言っただろう、俺の方が君に救われていると。……それに」

「？」

首を傾げたフランチェスカに、レオナルドは悪戯っぽく微笑んだ。

「俺たちは大切な婚約者であり、たったひとりの親友だろう？」

「……！」

嬉しい言葉を掛けてもらい、喜びのまま笑顔で頷こうとする。

「っ、うん……！」

けれどもそれは、上手くいかなかった。

「……う……」

喜びや安堵や温かさに、ずっと我慢していたものが決壊しそうになる。

「あれ。……なんだろう、変だな、嬉しいのに……」

「……………」

くしゃくしゃに顔を歪めたフランチェスカのことを、レオナルドがやさしい手付きで抱き寄せてくれた。

「こっちにおいで。フランチェスカ」

「～～～……っ！」

フランチェスカは手を伸ばし、レオナルドにぎゅっとしがみつく。

それからしばらくのあいだ、フランチェスカの涙が止まるまで、レオナルドはフランチェスカを甘やかすように撫で続けてくれたのだった。

＊＊＊

「……いっぱい泣いたらお腹空いた……」

「ははは。君がすっきりしたならよかった」

ひとしきり泣いて気が済んだあと、洞穴の隅で涙を拭うフランチェスカは、相変わらずレオナルドに抱き締められていた。

先ほどと違っている点は、レオナルドがあぐらをかいた上に、フランチェスカがちょこんと座らせられているところだ。

レオナルドは、わんわん泣くフランチェスカを上手にあやしつつ、体力を消耗しないように誘導してくれたのである。

「レオナルド、重いよね。待ってね、もうお膝から下りるか……らっ？」

「どうして？」

お腹に腕が回されて、立ちあがろうとした体が引き寄せられる。レオナルドはフランチェスカにくっついたまま、後ろから顔を覗き込んできた。

「体力は温存した方がいい。それに君、本当に指先まで冷え切っているだろう？」

「でも。レオナルドの迷惑になるし」

「君がこうして居てくれると、俺も凍《こご》えずに済む」

ぎゅっと抱かれたままそう言われて、ぬいぐるみにでもなった気分だった。確かにこの姿勢でいることは、お互いの体温維持に効果的だ。

「……私、重くない？」

「軽すぎて不安になるくらいだ」

さすがにそれは冗談だと思うが、フランチェスカは笑ってしまった。

「ありがとう、レオナルド」

それからほっと息をつき、自分が安心している事実を噛み締める。

「親友って、あったかいんだねえ……」

「…………そうだな」

「？」

レオナルドが何か言い掛けた気がしたが、首を傾げても続きは聞かせてもらえなかった。

雨足の弱まり始めた空を見上げ、フランチェスカは口を開く。

「もうすぐ止みそうなのかな？　土砂降りの飛沫が消えて、煙が見えやすくなってきたかも！」

「ああ。とはいえ構成員たちは森全体にバラけさせたから、スキル持ちが迎えに来るにしても、もう少し掛かるかもな」

「森全体に？　私が崖から落ちたこと、ラニエーリ家のお姉さんに聞いたんじゃ……」

「君がただ落下しただけならまだしも、落ちた先で改めて襲撃犯に攫われた可能性もあっただろう？」

（そっか……。ゲームのお陰で『襲撃』のイメージが強い私と違って、みんなにとっては『誘拐』や、もっと深刻な状況になっている想定もあったんだ）

心配させたことを改めて反省していると、レオナルドが教えてくれる。

「全員がすぐに崖を降りられる訳でもなかったしな。使えそうなスキル持ちにだけ降りるよう指示をして、合図を決めて。上にいる連中は狼煙を見付け次第、君の状況に応じて迎え入れる支度をするように言ってある」

「さ、さすがの統率力……！　レオナルドはどうやって崖を降りてくれたの？」

「ん？」

（あ。聞かない方が良さそうな声）

レオナルドは相変わらず、『親友同士であってもお互いに、すべての手の内は教え合わないでおこう』という方針のようだ。

もちろんフランチェスカも賛成ではあるので、これ以上は何も言わない。

（『黒幕』は洗脳の手段を持ってる。すべての秘密を打ち明けて、心から信じられる相手でも、洗脳によって強制的に敵対させられちゃうかもしれないんだもんね）

その洗脳をとても怖く思うし、考えるほどにかなしくもなる。大切な人たちを失うことの次に、想像したくない未来だ。

（だけど）

フランチェスカは俯いて、ぽつりと呟く。

「レオナルド。私たち、サヴィーニ侯爵を暗殺から守るためにこの森に来たよね」

「そうだな。君が危険な目に遭うと知っていれば、王命なんか捨ててたんだが」

「それは駄目だってば！　それに、せっかくここまで頑張ってきたんだよ。サヴィーニ侯爵を狙う殺し屋は、侯爵が接待して招き入れる賓客の中に紛れ込んでるんじゃないかって……」

「……ああ。賓客だけじゃなくラニエーリ家の構成員まで、念の為に調べさせているところだな」

毎朝食堂で行う情報共有は、それらの調査状況を報告し合う場だ。今のところ誰もが疑わしく、誰もに決定的な証拠がないものとなっている。

（ゲームでは立ち絵すら表示されない、文字だけで語られる暗殺者だ。侯爵が亡くなったことを知らされるシーンでは、主人公が想像した光景で、倒れている侯爵と周りを取り囲む男の人たちが描かれていて……）

フランチェスカがこんな話を始めた理由も、レオナルドは見抜いているだろう。

「もし、ね？　……もしも暗殺事件に関わる人が、黒幕に洗脳されていたら……」

「……フランチェスカ」

「！」

レオナルドに名前を呼ばれ、フランチェスカもぱっと顔を上げる。

弱くなってきた雨音に、ばしゃばしゃと水の中を駆け抜ける音が聞こえてきた。それが誰のものか察すると同時に、レオナルドが言う。

「一番に来るって予想してた迎えが、やっぱり来たな」

「うん……！」

フランチェスカが急いで立ち上がり、洞穴の出入り口に走るのと同時に、人影が飛び込んでくる。

「グラツィアーノ！」

「……っ！」

フランチェスカを見付けたグラツィアーノは、一瞬大きく目を見開いた。

彼も全身ずぶ濡れだ。肩で息をし、あちこち泥だらけで、信じられない奇跡を見詰めるかのように眉根を寄せる。

「…………お嬢」

グラツィアーノはそう呟いて、こちらに手を伸ばそうとしたように見えた。

けれどもその右手は止まり、空中でぐっと拳を握り込む。グラツィアーノはその拳を目元に当てると、震える声でこう紡いだ。

「無事で、良かっ……」

「グラツィアーノ、その傷！」

「！」

グラツィアーノが言い切る前に、フランチェスカは彼に飛び付く。

この弟分がフランチェスカに触れようとして、それに躊躇したことくらいは気付いていた。その理由は分からないが、フランチェスカからグラツィアーノに触れることへの迷いはない。

腕まくりをした白いシャツはぐしょぐしょだが、そこから覗く腕には擦り傷があるのだ。

「どうしたの、大丈夫……⁉」

「……！」

大慌てでそう尋ねると、グラツィアーノは瞬きをした。

「シャツも泥だらけ。まさか身体強化スキルを使って、私の為に崖から飛び降りた？」

「…………それは」

「絶対そうだよね⁉　よく見せて、他に痛いところない⁉　……なさそうだね、良かった……」

フランチェスカは息をつくと、グラツィアーノはぐっと言葉に詰まった表情のあとに俯いた。

その上で大きく息を吐き出すと、濡れた地面に跪くのだ。

「――申し訳ありませんでした。フランチェスカお嬢さま」

「え……」

畏まった口調で頭を下げられて、フランチェスカは困惑する。ひとまずこんな雨の中、グラツィアーノに片膝をつかせたままでいる訳にはいかない。

「た、立ってよグラツィアーノ！　どうして謝るの？　もしかして護衛として？」

フランチェスカは、彼の腕をぐいぐい引っ張りながら尋ねた。

グラツィアーノは構成員だが、フランチェスカの世話係という役割も与えられている。カルヴィーノ家に引き取られたばかりの頃、大人たちがそう決めたのだ。

グラツィアーノは小さな子供だったが、ただの居候であるよりも、役割を与えられた方が居心地が良いだろうと考えられてのことだった。

「グラツィアーノが謝る必要なんて無い！　今回のことは私がひとりで巻き込まれて、グラツィアーノは傍に居なかったんだし。それに……」

「違います」

「！」

フランチェスカの言葉を遮り、グラツィアーノが頭を下げたまま言う。

「それも不甲斐なく感じていますが、もっと根本的な問題で。……お嬢さまが狙われたのは、俺が原因かもしれません」

「！」

そんな風に言われてぎくりとする。

フランチェスカがひとりで馬車に乗った理由については、確かにグラツィアーノが関わっているのだ。

（ゲームシナリオの通りになれば、グラツィアーノが私を庇って撃たれちゃう。それを防ぐために私だけでイベントを進めた、そんな事実はあるけれど……）

とはいえ、グラツィアーノがその思惑に気が付いていたはずもない。

「どうしてそんな風に思うの？」

両手でグラツィアーノの腕を引っ張っても、やっぱりびくともしなかった。雨は小降りになっているものの、このままでは弟分が風邪を引いてしまう。

「グラツィアーノ！」

「……俺が、サヴィーニ家の血を引いているから」

「！」

グラツィアーノの濡れた髪から、雨の雫がこめかみを伝う。

「誰もが一目で分かるくらい、どうしようもなくあの人の息子だから。存在を隠したい息子が現れたとき、あの人が何を危惧《きぐ》するのかを想像しきれていませんでした」

「それは……」

「とうの昔に捨てた子供が、いまさら後継者の座を狙って現れたと映ってもおかしくありません。サヴィーニ家がしてきたことを踏まえれば、邪魔な人間を強引に排除することも分かり切っています」

フランチェスカはレオナルドを振り返る。肩を竦めたレオナルドは、当然その可能性に気が付いていたのだ。

「君の番犬の言う通りじゃないか？　侯爵によく似たその顔でうろつけば、あの家の隠し子だと喧《けん》伝《でん》して回るようなものだ」

再び見下ろしたグラツィアーノは、冷静なふりをした声で続ける。

「国王陛下……ルカさまから暗殺を防ぐようご命令いただいたときに、ちゃんと理解しておくべきだったんです。それなのに、俺の中には確かに妙な意地があって、その所為で引き下がれませんでした」

「グラツィアーノ……」

彼がまだ肩で息をしているのは、必死にここまで走ってきたからなのだろう。転移のスキルを使わなかったのは恐らく、連続して何度も使えないという時間制限があるからだ。フランチェスカを見付けたあとのために温存していたに違いない。

（サヴィーニ侯爵がグラツィアーノを殺そうとして、黒幕にそれを指示した？）

グラツィアーノの言葉を反芻《はんすう》し、声には出さずに考える。

（確かにその仮定なら、ゲームシナリオとも矛盾しない。暴漢たちの狙いが私だと思わせておいて、『黒幕』が本当に狙っていたのは、侯爵に依頼されたグラツィアーノ……？）

ただの構成員であるグラツィアーノだけを襲撃すれば、それは不自然で勘繰られる。フランチェスカが狙われたのは、隠れ蓑《みの》だったということなのだろうか。

（グラツィアーノが私の従者だってことは、川原でグラツィアーノのお父さんに伝えてる。普通に考えれば、私の外出時にグラツィアーノが同行しているはずで……けれど黒幕にとっては想定外、馬車に乗っていたのは私だけだったから、私をスキルで助けてくれたとか？）

そんな考えが瞬時に巡る。けれども今のフランチェスカには、目の前にもっと重要な問題があった。

「――俺がお嬢さまの傍にいると、また危険な目に遭わせてしまうかもしれません」

グラツィアーノの呟いた言葉に、フランチェスカは息を呑む。

「だったら俺は。……これ以上、あんたと一緒に居ない方が――……」

「それは、絶対に違う！」

「!!」

その言葉を最後まで言わせたくなくて、フランチェスカは大きな声を出した。

驚いて顔を上げたグラツィアーノの、赤い色をした瞳が揺れる。フランチェスカは自分の不甲斐なさを押し殺し、まずはグラツィアーノに必死に説いた。

「初めて会った時に言ったでしょ⁉　みんながあなたを守るって。私もそうだって！」

「……お嬢」

「わーっもう、やっぱり雨に濡れるのはよくないよ‼　寒いと悪い考えばかり浮かんじゃう。とりあえず立って、こっちに来て‼」

立ち上がったフランチェスカは、改めてグラツィアーノの腕を引っ張った。

「お父さんの危険に気付かなかった責任は、グラツィアーノじゃなくて私にあるはずでしょ！」

「……いえ。お嬢さまが責任を負われることなんて、なにひとつ」

「あるよ！　グラツィアーノがうちの構成員で、私が当主の娘だってことも理由になる。だけど、それ以上に……」

「……！」

全力でグラツィアーノの腕を引きながら、フランチェスカはこう告げた。

「弟分が危なくないよう配慮するのは、お姉ちゃんとして当たり前のことなんだから……‼」

何よりも、小さな頃から一緒に育った存在なのだ。

「早く雨の当たらないところ…………私の方に来て、グラツィアーノ！」

「っ、うわ……‼」

グラツィアーノの重心が崩れ、引っ張り上げることに成功する。

渾身《こんしん》の力がようやく届いたのだ。やっと洞穴の中に来てくれて、フランチェスカはほっと息を吐き出した。

「ね。……大丈夫」

「…………」

ずぶ濡れの子犬みたいなグラツィアーノを見上げ、フランチェスカは微笑みかける。

「自分が誰の血を引いて生まれてきたかを、この世界で気にしない方が難しいよね。……だけど、私もパパも他のみんなも、グラツィアーノに良い人生を送ってほしいと思ってる」

グラツィアーノをカルヴィーノ家の養子になんて話が出るのも、その一環で間違いないのだ。

「居たいところに居て。それから、行きたくないところには行かなくていいんだよ。だから」

フランチェスカは、自分よりもずっと背の高い弟分にこう告げた。

「そんなに悲しそうな顔で、もう一緒に居ないなんて言わないで」

「……お嬢……」

グラツィアーノが俯いて、その赤色の瞳が見えなくなる。

「……あんた本当に、餓鬼《がき》の頃から変わらない……」

「へへ」

グラツィアーノの頭をわしわしと撫で、雨の雫を落とす。フランチェスカはそれから、ずっと眺めていたレオナルドを振り返った。

「レオナルド。私……」

「君の判断に委ねよう」

「！」

まだ何も言っていないのに、レオナルドは微笑んで肩を竦める。

「その番犬に、いま持っている情報と考えを共有したいんだろう？」

「……うん。誰が黒幕に洗脳されているか分からない以上、無闇に手の内を晒すべきじゃないっていうのは間違いないけれど……」

それでもフランチェスカは、グラツィアーノを見上げた。

「グラツィアーノには話しておきたいの。聞いてくれる？」

「話……？」

それからフランチェスカは洞穴の中で、グラツィアーノに『黒幕』についての考えを話した。

薬物事件の裏にいた人間が、この暗殺に関わっているのではないかということ。フランチェスカを襲ったのも、その黒幕側の人間ではないかという想像について。

狙われたのがグラツィアーノであったとしても、その説は筋が通ること。そんなことを話しながらも、最後にもうひとつ長年の秘密を明かす。

「……それでね。ずっと内緒にしてたけど、私もスキルを持ってるの……」

「…………」

これについてを話すのが、もっとも申し訳なく感じてしまった。

「ほ、本当にごめんなさい。怒るよね？　ずっとスキルを持ってないふりをしてきた上に、レオナルドやリカルドは先に知ってたなんて……」

「…………………」

罪悪感でいっぱいのフランチェスカは、グラツィアーノをおずおずと見上げる。けれども目が合ったグラツィアーノは、薄い反応でこう言った。

「いや。お嬢がスキルを隠し持ってること、俺は普通に気付いてましたよ」

「え⁉」

思わぬ発言に驚いて、フランチェスカは目をまんまるにする。

「なっ、なななななな、なんで⁉」

「だって当主の反応。お嬢が本当にスキルを持ってないなら、貴族連中が『スキル無し』ってお嬢の陰口言ってるの聞いた瞬間に、当主がそいつらの家を滅ぼしてるはずでしょ？」

「そ、それは」

確かにグラツィアーノの言う通りだ。

フランチェスカのスキルについて、世間ではそれなりに口さがない噂を立てられているものの、父はそれを徹底的に追い詰めるまではしていない。

「当主がギリギリ我慢してる理由なんて、事情があって敢えてそういう噂を流してるくらいしか思い付かないんで。お嬢のスキルが相当レアだから、誘拐の危険を無くすためにスキルが無いって設定なんだろうと」

「さ、さっすがグラツィアーノ……！」

その読みは大正解だったので、フランチェスカは何も言えなかった。

「それに、他の連中が先に知ってたって件。……お嬢はスキルのこと、自分から話したんですか？」

グラツィアーノが視線を向けたレオナルドは、軽く笑ってこう返す。

「いいや？　俺が殺し屋に狙われたとき、その対処でスキルを使ってくれた結果だな。リカルドに明かしたときも似たようなものだ」

「リカルドのときは、夜会での大騒ぎを収束させる必要があって……」

レオナルドとフランチェスカの説明に、グラツィアーノは澄ました顔で言った。

「だいたい想像した通りっすね。つまりこの人たちに明かしたのは不可抗力ってことでしょ？」

「んん、まあそうなるかも……？」

「当主に話したのも、さすがにお父君には隠していられないからですよね。だったらお嬢がこうやって、本当に自主的に自分から教えてくれたのは、俺が初めてですか？」

そう尋ねられて、フランチェスカははっきりと頷いた。

「うん。グラツィアーノだけだよ」

「ふ」

グラツィアーノはそこで何故か、とても満足そうに笑った。

「それだけで。……内緒にされてたことくらい、チャラでいいです」

「……？」

フランチェスカが首を傾げると、レオナルドがフランチェスカの傍に立ち、ぐっと彼の方に引き寄せた。

「――さて。そろそろいいか？」

「レオナルド」

「いま俺とお嬢が話してんすけど？」

「だいぶ譲ってやっただろ。これ以上はフランチェスカが風邪を引く」

グラツィアーノは押し黙るが、フランチェスカには異論があった。

「私だけじゃなくふたりもだよ！　内緒にしたい話は終わったし、上に戻ろう。この襲撃でなんとなく分かったこともあるし」

「じゃあひとまず、俺が転移で上に戻って人を呼んで来ます。着替えと雨具もすぐにお持ちするんで、お嬢はもう少しここで……」

「待って、グラツィアーノ」

フランチェスカがグラツィアーノの手を掴むと、彼はぎょっとしたように目を丸くする。

「お、お嬢？」

「さっき話した私のスキル。グラツィアーノに使ってもいい？」

尋ねると納得したようで、グラツィアーノはすぐに頷く。お礼を言い、グラツィアーノの手に触れたまま目を閉じた。

（『主人公』フランチェスカの持つスキルのうち、これがふたつめ――……）

意識を集中させると、真っ暗な視界に紋様が浮かび上がる。カルヴィーノ家の家紋を表す赤薔薇が、赤い光を放って消えた。

「っ、これは……」

強い力が迸ったのを、グラツィアーノも感じたのだろう。傍で見ていたレオナルドが、興味深そうに微笑んで言う。

「これは、俺に使った『強化』じゃないな」

「うん。このスキルは、単純にスキルの力を増強させるものじゃなくて……」

能力が馴染むのを確かめるかのように、グラツィアーノがぐっと拳を握り込む。

「──『進化』させるもの。これでグラツィアーノは、転移スキルで自分が転移するだけじゃなく、もうひとり同時に転移させられるはずだよ」

「……『スキルを進化させるためのスキル』……」

レオナルドがぽつりと小さく呟いた。

強化のスキル同様に、このスキルもフランチェスカの固有スキルだ。この世界では他に持つ人がいない、育成ゲームの主人公としての力だった。

（強化スキルでは、転移で飛べる範囲が広くなるだけだからね。いまの状況だと人数を増やせた方がいいはず）

グラツィアーノのスキルがどう進化するかは、ゲームの知識で予想がついている。反対に、レオナルドのスキルを進化させた場合は未知数だ。

「フランチェスカはすごいな。強化や進化は一段階だけなのか？」

「ううん、強化の方は全部で十段階あるの。だけどなにも使わずに強化できるのは、最初の一段階目だけなんだ」

これ以上強化しようとした場合、ゲームでいうところの『素材』が必要になる。けれどもその素材こそが、入手難易度の高いものばかりなのだ。

（大量の宝石とか、古代に使われた銀の銃弾とか、他にもよく分からない骨董品とか……。何が怖いって、私が必要だって言ったらみんな全力で掻き集めてくれそうなところ……！）

だからそれは口に出さず、グラツィアーノを見上げる。

「それじゃあレオナルドとグラツィアーノ。ふたりが一緒に転移してくれる？」

「……は？」

レオナルドとグラツィアーノの声が綺麗に揃った。ふたりから同時に見下ろされて、フランチェスカは両手でガッツポーズをする。

「暗殺事件に動きがあったんだし、次の行動に移らなきゃ！　そのためにはまずレオナルドが上に戻ってくれないと、アルディーニ家の人たちに指示を出せないでしょ？」

「……」

「…………」

「グラツィアーノだってずぶ濡れで、お風呂に入らないと風邪引いちゃう。小さい頃すぐ熱出してたんだし、レオナルドを手伝う人手も必要だから。私は雨も止みそうだし、止んだら自力で――……」

レオナルドとグラツィアーノは、お互いの顔を見て溜め息をつく。

「――番犬」

「言われるまでもないです。行きますよ、お嬢」

「え？　……うわああっ、グラツィア……ッ!!」

フランチェスカの悲鳴は、生まれて初めての転移によって吸い込まれるように消えたため、洞穴の中に響き渡ることはなかった。

＊＊＊

それから、しばらく経ってからのこと。

「っ、はあ……」

短い時間での入浴を終えたグラツィアーノは、まだ乾いていない頭をがしがしとタオルで拭きながら息を吐いた。

強い疲労感に苛まれているのは、フランチェスカに進化させてもらったスキルを使った反動では無いだろう。

フランチェスカが襲われて落ちたと聞いたときのことを思い出すと、心臓が凍りそうになる。そしてそれと同じくらい、強烈に刻みつけられた言葉があった。

『弟分が危なくないよう配慮するのは、お姉ちゃんとして当たり前のことなんだから……!!』

『……！』

幼い頃からずっと同じ、迷いがなく力強い声音だった。

フランチェスカに抱き締められ、確かな居場所をもらえたことが、グラツィアーノの人生にどれほど影響を与えたかの自覚はあるのだろうか。

（……あの人に何かあったら、俺も死ぬ……）

そんな思いでいっぱいになりながら、ラニエーリ家に借りている別荘の階段を下りる。その途中、ちょうどいま帰ってきた男と鉢合わせた。

アルディーニ家の当主である黒髪の男が、エントランスで濡れた上着を脱いでいる。

「今日はよくお前と偶然会うな、番犬」

「……あんた、今戻ったんすか」

フランチェスカとグラツィアーノが転移してから、恐らく一時間ほど経つだろう。

自力で戻ってこようとした場合、普通はもっと時間が掛かるのは確かなのだが、この男に限っては遅すぎる気もした。

「フランチェスカは？」

「風呂入ってもらって着替えていただいたんで、あとは念のため医者に診てもらってる最中です。

……どこも怪我はなさそうでしたけど」

「それは何より」

アルディーニは白々しく笑った。けれどもフランチェスカが無傷なのは、恐らくこの男の功績なのではないだろうか。

「……一応お礼を言っておきます。あんたの指示が的確だったお陰で、お嬢を効率的に探すことが出来ました」

「ああ、もっと感謝してくれてもいいぞ。いつかお前がしくじったときも、俺が『的確に』対処してやるから」

グラツィアーノが眉根を寄せると、黒髪から雫を滴らせているアルディーニは目を眇める。

「フランチェスカがお前にどんな秘密を明かそうと、そんなのは些事なんだ」

「……？」

「お前が敵に洗脳された場合、俺がお前を殺すから」

軽やかに言ってのけるその口ぶりは、言葉の内容にまったく沿っていない。

「……あんた」

「フランチェスカが悲しまないように、死体も残さない。殺した痕跡すら全部消す。……だから安心していいぞ」

グラツィアーノに見せた笑顔は、まるで親しい友人に語り掛けるかのようだった。

「それが嫌なら、せいぜい洗脳なんて不覚は取らないようにすることだな」

「……そいつは、有り難いことで……」

やはりこの男は、油断ならない人物だ。

グラツィアーノはアルディーニを睨み付け、さっさと一階の談話室へ向かうことにした。宿泊者が寛げるように造られた部屋で、フランチェスカが診察を終えているはずだ。

そうしてエントランスを去ったグラツィアーノの耳に、アルディーニの声は聞こえてこない。

「さて」

レオナルド・ヴァレンティーノ・アルディーニは、同じくエントランスに入ってきた銀髪の青年を振り返る。

「それではリカルド。……俺たちは秘密裏に、サヴィーニ閣下のご依頼について進めるとしようか？」

「……………」

＊＊＊

「……本当に、お嬢さんが無事で良かった……」

「ごめんね、フランチェスカちゃん……!!」

襲撃のあった翌日、フランチェスカは報告とお詫びとお礼を兼ねて、ラニエーリ家女当主ソフィアの元を訪れていた。

フランチェスカに抱き付いているのは、昨日襲撃現場に居合わせた娼婦のイザベラだ。

彼女の話によれば、なんとか襲撃者から逃げ出せたものの、森の中で何度も転んだらしい。無我夢中でラニエーリ家の別荘まで戻って来て、フランチェスカが襲撃にあって転落したことを伝えてくれたようだ。

彼女は今もあちこち擦り傷だらけにもかかわらず、フランチェスカのことを懸命に心配してくれた。だが、フランチェスカは首を横に振る。

「謝るのは私の方です！　居合わせただけのお姉さんを危ない目に遭わせて、本当にごめんなさい」

「いいえ。川原で助けてもらった挙句、今回はこんなことになるなんて……なかなかフランチェスカちゃんが落ちちゃったことも、伝えに行けなくて」

「お姉さんが助けを呼んでくださったから、レオナルドたちに助けてもらえたんです。だからどうか、泣かないでください」

「ううう……な、なんていい子なの……！」

「ほらほらイザベラ。そろそろお嬢さんから離れてあげな、あんたも今夜のお客さんの支度があるだろう？」

ソフィアに諭され、女性はくすんくすんと鼻を鳴らしながら立ち上がった。フランチェスカにとっては年上の女性だというのに、ひとつひとつの仕草が愛らしく感じてしまう。

「じゃあね、フランチェスカちゃん……。またお詫びさせてね？」

「お気になさらず！　でも、またお会い出来たら嬉しいです！」

「ふふ。……ありがと……」

ぱたんと扉が閉まったあと、ソフィアが大きく息をつく。

「ごめんねお嬢さん。お嬢さんのおうちにも、改めてお詫びの遣いを出さないと……この森に不届き者を入れた上、うちの御者がまんまとやられちまったのがそもそもの原因だ」

（うう、罪悪感が……！　私がどんな展開になるか知っていて馬車に乗ったなんて、ソフィアさんは思いもしないよね）

フランチェスカはぶんぶんと首を横に振り、笑顔を作る。

「本当にお気になさらずに！　レオナルドとグラツィアーノが助けてくれたから、私は大丈夫です！」

「………」

ソフィアは目を伏せたあと、テーブルの上のティーカップを手に取りながら口を開いた。

「昔の話をしていいかい？　ひとりの美しい娼婦が、この森でひとりの貴族に恋をしたお話さ」

「？」

おもむろに語られる物語に、フランチェスカは首を傾げる。ソフィアの真意に気付くのは、それから少し遅れてのことだ。

「当然身分違いの恋だ。なにせ相手は侯爵家の四男坊で、由緒正しい家柄の青年。娼婦仲間は本気になるなと止めたが、相手の男はその娼婦を大事に扱っていてね」

（……あ）

「当時十三歳だった小娘の私から見て、ふたりは相思相愛に見えた。状況が変わったのは、四男だったはずの男が不幸な事故により、侯爵家の当主になることが決まった時期……」

ソフィアの瞳がフランチェスカを見据え、静かに告げた。

「その娼婦が、男の子供を授かったことが分かった時期でもある」

（……これって多分、グラツィアーノの……）

ティーカップに口をつけたソフィアは、そこからも淡々とこう続けた。

「男はそこからぱったりと、娼婦に会いに来ることはなくなった。由緒ある家の跡を継ごうってときに、娼婦の愛人と子供がいるなんて醜聞《しゅうぶん》だからね」

「……」

「生まれる子供が男であれば、後継者問題にも発展する。自分の子供じゃないとシラを切るつもりだったのかもしれないが——それが出来るのは、生まれた子供が自分に瓜二つでは無かったときだけだね」

やはりソフィアが話すのは、グラツィアーノの父と母のことなのだ。

「娼婦の方は、そのあと何処に……？」

「先代当主である我が父の反対を押し切って、この家を出ていったよ。産むのを止めるはずもないし、子供をみんなで育てることもやぶさかではなかったのに」

フランチェスカはなんとなく、ソフィアも一緒に止めたのではないかと想像した。話してくれる口ぶりには、はっきりとした悲しみが込められていたからだ。

「彼女はきっと、生まれた子供がかつての恋人に殺されてしまうのを恐れたんだろう。だからこそラニエーリ家の高級娼婦という立場を捨てて、子供の父親である男から逃げた」

（……？　でも、そうだとしたら……）

「だからね、お嬢さん」

ソフィアはカップをソーサーに戻すと、赤く塗られたくちびるで微笑む。

「悪い男に騙されちゃ駄目。うちの弟に話を聞いたときは、大層心配したんだよ？」

「弟さん？」

ソフィアの弟であるダヴィードは、フランチェスカたちと同じ二年生だ。

別のクラスに所属し、フランチェスカが徹底的に避けてはいるものの、遠目では何度か見たことがあった。

ラニエーリ家はソフィアが現当主ではあるものの、彼女はそのうち引退し、弟に跡目を譲るつもりであることがゲームで語られている。

(ダヴィードが一体どうして、一度も会ったことのない私の話をソフィアさんにしたんだろ？　それに、ソフィアさんが私を心配って……)

フランチェスカが疑問符を浮かべていると、ソフィアは肘掛けに頬杖をついて言った。

「うちの弟いわく。『アルディーニにやたら気に入られてる転入生がいる。名前はトロヴァート』ってね」

「トロヴァート……」

それは、フランチェスカが学院で使っている苗字のことだ。

まったくの偽名ではなく、母の旧姓を借りている。そこまで聞き、フランチェスカははっとした。

「ひょっとして、うちの母をご存じなんですか⁉」

「ふふ。セラフィーナさんは私のことを、とっても可愛がってくれたものさ」

「わああ……！」

こんなところで母の話を聞くなんて、まったく想像もしていなかった。

「アルディーニと関係があって、苗字がトロヴァート。これは弟の学院に転入してきたのは、カルヴィーノ家の愛娘じゃないかと踏んでいてね」

「じ、実は……。学院に通っているあいだは、カルヴィーノの人間であることを秘密にしたくて」

「それで正解さ、ろくでもない苦労を負うだけだからね。……さすがはセラフィーナさんとエヴァルトの娘、賢い子だ」

「……！」

そんな風に言われて頬が火照る。

両親が大好きなフランチェスカにとって、ふたりを通した褒められ方をするのは、とても照れくさくて嬉しいことだった。

「セラフィーナさんは、お嬢さんが元気に産まれて幸せに育っていくことを心から願っていたよ。お腹の中のあんたにたくさん話し掛けて、やさしく撫でてね」

「……ママが……」

ソフィアは身を前に乗り出すと、手を伸ばしてフランチェスカの頭に触れる。

「あんたは生まれる前からずっと、誰かにとっての大切な女の子であり続けてる。自分を大事にしなきゃ駄目だよ？」

「……はい。ありがとうございます、ソフィアさん……」

「いい子だ」

満足そうに笑ったソフィアが格好良くて、フランチェスカは目を輝かせた。

「あんたの婚約者は良い男だが、悪い男でもあるからね。困ったことがあったらいつでも頼りな」

（ソフィアさん、やっぱり憧れるなあ。当主といえど心なしか、他のファミリーの人たちよりは危なくないというか……）

「たとえ抗争沙汰になろうと、婚約破棄の手伝いくらいはしてあげるから」

「いえ!!　それは大丈夫です!!」

気軽に抗争を持ち出され、フランチェスカは背筋を正す。

（やっぱりソフィアさんも五大ファミリーの当主だ！　ぜんぜん例外じゃなかった……!!）

内心でそんなことを思いながらも、ソフィアの静かな視線に気が付いた。

「ソフィアさん？　どうかしましたか？」

「……いいや、なんでもないよ。それよりお茶のおかわりはどうだい？　ご両親の話をもっとしてあげる」

「わあ、ありがとうございます！　あの、出来ればさっきお話ししてくださった、身分違いの侯爵さまと娼婦さんのお話も──……」

＊＊＊

それから一時間ほどが経ったころのことだ。

ソフィアのいる別荘を後にしたフランチェスカは、ひとりの青年と森の中を歩いていた。

「ふーっ！　それにしても、暑いねえ……」

蝉時雨《せみしぐれ》が降る中、木陰に陽光が遮られていても抗えない。夏の暑気に満ちた大自然の中、フランチェスカは隣を見上げる。

「調査も手伝ってもらってるのに、送り迎えまでしてくれてありがとう。リカルド」

リカルドはこの暑さの中、顔色ひとつ変えずに言った。

「構わない。どうせ調査の帰り道な上、昨日の今日だからな。グラツィアーノが狙われている可能性がある以上、あいつがお前の護衛をする訳にもいかないだろう」

「ごめんね……。グラツィアーノ、その件すごく気にしちゃってるみたいで……」

『傍には居ない方が』という極端な思考は消えたようだが、『少なくともこの森では、護衛役は俺じゃない方が』と言われてしまった。

しょげた子犬のような雰囲気だったので、その点について無理に励ますことはやめ、リカルドに護衛を頼んだのだ。

一方で、レオナルドは朝から不在である。『独自調査に行ってくる』と伝言を受け取ったが、相変わらず行動は読めないままだ。

(レオナルドの調査はやっぱり、暗殺じゃなくて黒幕についての方なのかな。昨日の襲撃について、レオナルドとまだ十分に話せてないのに)

フランチェスカが俯いたのを見て、リカルドは気遣うように話題を切り替える。

「そういえばお前を待っている間、昨日襲われたという辺りを見に行ったぞ。あんなに高いところから落ちて、よく無事だったな」

「あ、あはは。場所はすぐ分かった？　馬車の轍が目印になるみたいだけど、昨日の雨だと消えちゃってるよね」

さぞかし地面もぬかるんでいたはずなので、リカルドの足元を見下ろした。

几帳面なリカルドの革靴は、いつだってつやつやに磨かれている。

「……リカルド、いま靴のお手入れ道具とか持ってたりする？　ソフィアさんのところのイザベラさん、私の襲撃に巻き込まれて、ドレスも靴も大変なことになっちゃったみたいなの」

「道具？　いや、さすがに持ち歩いてはいないな。別荘には当家の使用人も待機させている、その者を手配するか？」

「ううん。……やっぱりもういいや、ど……」

フランチェスカが足を止めたのは、向こうから見知った男性が歩いて来たからだ。

（グラツィアーノの、お父さん）

夏空のような瑠璃色をしたブローチが、その上着に輝いている。

暗殺対象であるサヴィーニ侯爵も、フランチェスカたちに気が付いて足を止めた。

「……これはこれは。お嬢さん」

「こんにちは。サヴィーニ侯爵閣下」

続いて侯爵のまなざしは、フランチェスカの前に歩み出たリカルドに向けられた。彼らの視線が重なったとき、フランチェスカは違和感を覚える。

（あれ？　リカルドが挨拶しない……）

いつも礼儀正しいリカルドが、こんなときに何も言わないのは珍しく感じられた。前回、河原で侯爵と会ったときは慌ただしかったので当然だが、いまはそうではない。

（もしかしてリカルドって、侯爵とあの後に会ってるのかな？）

そんな想像をしていると、侯爵がおもむろに口を開いた。

「――お嬢さんの従者はまだ、この森に？」

「！」

フランチェスカはむっと身構え、侯爵を見上げる。

「もちろんです！　グラツィアーノは私の大事なお世話係で、弟分なので」

「弟……」

「それに。父はグラツィアーノを養子に迎えて、当家の後継にしたいと考えているんです」

そう告げると、サヴィーニ侯爵が目をみはった。

「あの子が、カルヴィーノ家の後継者に？」

グラツィアーノと面差しのよく似たその顔が、僅かに歪む。

「……なるほど。お嬢さんはその話をすることによって、私を安心させようとなさっているのですね」

フランチェスカの考えは、サヴィーニ侯爵に見抜かれたようだ。

（グラツィアーノがいま怖がっているのが、自分がサヴィーニ家の後継者になりたがっていると勘違いされること。その上で命を狙われて、私を巻き込んじゃうことなら……）

その想像がどれほど正しいのかは分からない。

しかし的中しているならば、グラツィアーノが養子になるという説明によって、少しはその疑念が薄れるはずだ。

「お嬢さんが、何処まで当家の事情をご存じかは分かりかねますが――……」

侯爵は息を吐き、フランチェスカの方に歩いてくる。

「養子という立場は、非常に危うく不安定です。後継者争いにおいては、その家の血を引く実子ですら様々に比較され、時には兄弟殺しに発展することすらある」

「ご安心ください。当家では私がひとり娘です、グラツィアーノを脅かす存在は居ません」

「お父君はお嬢さんが結婚なさった暁に、お子さんのひとりを引き取るおつもりなのでは？　余所者が跡を継ぐのは一代限り、そして再び直系の血筋に戻る……」

フランチェスカを不機嫌そうに見下ろして、侯爵は言った。

「彼がカルヴィーノを継ぐことが、我がサヴィーニ家の後継を狙わない証左になると言うのであれば。――お嬢さんがあの子を花婿とし、確固たる立場でも与えてやってほしいものですな」

「…………」

とても冷ややかな空気の中に、確かな怒気が受け取れた。

フランチェスカが口を開こうとすれば、リカルドが庇うように歩み出る。

「サヴィーニ閣下。その発言は撤回しておいた方がよろしいかと」

「おや。私は一般論を述べたまでだが？」

「婚約者のいる令嬢にその仰りようは、侮辱と受け取られても仕方がありません。私はフランチェスカに恩義があり、彼女の名誉を傷付けるとなれば、どなたがお相手でも見過ごす訳にはいかない」

「……」

サヴィーニ侯爵は息を吐き、フランチェスカたちに背を向けた。

「なんであろうと。あの子に私の傍をうろつかれては迷惑であることに、変わりはない」

「サヴィーニ閣下……」

「再び視界に入る前に、消えてくれと。……そう願うばかりですよ」

刃のように冷たいその言葉を、グラツィアーノには聞かせたくないと心から感じた。

(グラツィアーノがこの森にいるのは、侯爵が暗殺されるのを防ぐ命令のためなのに)

侯爵が立ち去ったあとの森の中で、フランチェスカはリカルドを見上げる。

「……助けようとしてくれてありがとう、リカルド。だけどね、少しお話をさせてくれる？」

「む……」

先ほどの違和感について、詳細を確認しておきたい。

フランチェスカがじっと見詰めると、リカルドは観念したように息を吐き、「分かった」と目を閉じたのだった。

＊＊＊

「――レオナルド、もう部屋に戻ってるの？」

「はい。アルディーニさまは本日、早朝よりお出掛けになられたため、お部屋で仮眠を取られるとのことでした」

リカルドに送り届けられて別荘に戻った夕刻、カルヴィーノ家の使用人にそう言われたフランチェスカは、エントランスから二階に続く階段を見上げた。

（そろそろ陽は落ちそうだけど、まだ夕方なのに。こんな中途半端な時間に仮眠……？）

「ご夕食も不要とのことでしたが。いかがなさいましょう？　フランチェスカお嬢さま」

「……そうだね、レオナルドの言う通りにしてあげて。でも、あとで厨房を使わせてもらうかも」

「かしこまりました。それでは引き続き、他の皆さまのお食事をご用意させていただきます」

家からこの森へ同行してくれている彼にお礼を言い、フランチェスカは帽子を預ける。

「リカルドは夕食の時間まで、私が襲われた辺りをもう一度見に行ってくれるって。グラツィアーノはどうしてる？」

「鍛え直してほしいとのことでしたので、庭で他の面々と組み手の最中かと。私も後ほど参加して参ります」

「そっか……グラツィアーノにお願いしたい調査があるの。この紙を渡しておいてくれる？　それと、私もしばらく部屋で過ごすから！」

そう言って急ぎつつ階段を上がる。なるべく物音を立てないように向かったのは、フランチェスカのために用意された部屋ではない。

「レオナルド、起きてる……？」

そっと小さく声を掛けると、中から声がした。

「……どうぞ」

ゆっくりと扉を開け、レオナルドのベッドに近付いてゆく。彼の様子を窺って、フランチェスカは確信した。

（やっぱり）

シーツの海へ横向きに沈んでいたレオナルドが、緩慢な動作で寝返りを打つ。仰向けの体からは力が抜けて、猫のようにくったりとして見えた。

呼吸はいつもより浅く、フランチェスカを見上げる双眸は無防備で、茫洋《ぼうよう》としている。

まるで寝起きの幼な子だが、仮眠を取っていただけには見えない。

「レオナルド、熱があるの……？」

「んー……」

レオナルドが身に纏っているのは、首元のボタンを外した白いシャツと、ベルトを外したスラックスだった。床には上着とベルトが脱ぎ捨てられていて、着替える余裕がなかったのが分かる。

「待ってね。いま、お水と薬を……」

「……フランチェスカ」

何処か甘えるような声音と共に、レオナルドがこちらに手を伸ばした。

首筋から伝った汗の雫が、シャツの襟元を寛げた肌の上を滑る。喉仏の近くから鎖骨を伝い、窓から差し込む橙《だいだい》色の夕陽に照らされていた。

「こっち」

「……？」

手を繋ぎたがっているのだと気が付いて、首を傾げつつレオナルドの指に触れる。

「わ……っ」

その瞬間に捕まって、彼のベッドに引き倒された。

そうしてレオナルドは、縋り付くようにフランチェスカを抱き締めるのだ。

フランチェスカの首元に、すりっと額を擦り付けた。彼の体はやはり熱を帯び、火照っているように感じる。

「大丈夫？　しんどい？」

「ん。……平気だよ」

そう答えるレオナルドは、目を閉じたままだった。フランチェスカは大人しく抱き枕になりつつも、彼の額に触れてみる。

「やっぱり昨日、私の所為で雨に濡れたから……」

「そうじゃない」

フランチェスカの髪を撫でながら、レオナルドは小さな声で答えた。

「……すこし、スキルを使いすぎた。数時間でもどる」

「そうなの……？」

「他人からうばったスキルを、立てつづけに使用すると、かるい反動がでるんだ」

紡がれた声音は、いつもより柔らかな響きを帯びていた。

「ただ、それだけだよ」

いまのレオナルドには、フランチェスカの指が冷たくて心地良いのだろう。

その頬や耳に触れると、彼の手が上から重なって、甘えるように押し付けられる。

（レオナルドのスキル。親しかった他人の死体に触れて、故人の一番強力なスキルを奪うもの）

フランチェスカは、レオナルドの前髪を掻き上げるように梳く。形の良い額を露わにして、そこからよしよしと彼の頭を撫でた。

（奪ったスキルを多用したデメリットで、苦しくなるなら。……それはやっぱり、私を助けるためにスキルをたくさん使わせた所為だ）

不甲斐なさに眉を顰めると、レオナルドが柔らかく笑った気配がする。

「君は本当に、付け入りやすいな」

レオナルドは手遊びをする子供のように、フランチェスカの髪を指に絡めて言った。

「君のこころを揺さぶって、弱みをにぎり罪悪感をいだかせ、言いなりにするなんて簡単におもえる」

「……」

出会ったばかりの頃であれば、この発言を本気に捉えて身構えたかもしれない。

けれどもいまのフランチェスカは、穏やかな気持ちで尋ねることが出来るのだ。

「レオナルドは、私にそんなひどいことするの？」

「……まさか」

想像していた通り、レオナルドは瞑目してこう続けた。

「そんなことが、到底俺にできるはずもない……」

独り言にも近い呟きが、小さな声で落とされる。随分と熱が上がっているようだが、レオナルドはそれでも眠る気はないようだ。

「……話そう、フランチェスカ。この森で起きた出来事と、これから起こり得ることについて」

体調が心配にはなるものの、そうしないと素直に休んでもらえない予感もしていた。先ほどリカルドと話していたこともあり、フランチェスカは渋々頷く。

（夜会は明後日の夜に迫ってる。ゲームのままでいけば、グラツィアーノのお父さんが殺される夜なんだから）

それまでに暗殺者を見付け出し、シナリオの運命を変えなくてはならない。

たとえそれが困難なことであろうとも、どうあったって成し遂げる必要があった。

「グラツィアーノのお父さん、レオナルドに会いに来たんでしょ？」

「……リカルドか」

「私が問い詰めたから、リカルドを怒らないでね。それと、私に黙ってるなんてずるいよ」

フランチェスカが少し拗ねると、レオナルドがくすっと笑った。

「『ずるい』って言い方は可愛いな。もっとそうやって罵られたい」

「もう、はぐらかさないで！　侯爵閣下にいったい何を依頼されたの？」

それについては、リカルドにいくら聞いても答えてもらえなかったのだ。レオナルドは緩やかに瞼《まぶた》を開くと、こう口にする。

「……息子である君の番犬を、サヴィーニ侯爵の傍から『完全に』排除するようにとのご依頼だ」

「……！」

告げられた言葉に、フランチェスカは息を呑んだ。

「侯爵が、本当に……？」

「――『殺してほしい』と、あの男の口からはっきり言われている」

レオナルドの声音に、嘘をついている様子は感じられない。実の父にそんなことを言われたグラツィアーノのことを思うと、フランチェスカの胸がずきりと痛む。

「ごめんな。君のそんな顔を見たくなくて、言うのを避けた」

「……っ」

あまりにもやさしいその言葉に、痛みはますます強くなるばかりだ。

「……受けちゃった？」

「受けたふりさ。侯爵の動向を探るのに、その方が都合も良いだろう？」

レオナルドはまるで戯れるように、フランチェスカの手を取って指を絡める。

「君が襲われたのも、君の番犬が想像した通り。侯爵が雇っている裏の人間が、あいつを狙ったことが原因だ」

「……サヴィーニ家があるのは、ソフィアさんたちの縄張りだよ。侯爵閣下は普通なら、ソフィアさんたちにグラツィアーノを殺す依頼をするはずじゃない？」

「ソフィアにそれを断られたから、五大ファミリーに属さない有象無象の三下に依頼して回ってるんだろ。そこに都合良く俺たちが現れたから、焦って依頼を寄越して来た」

レオナルドの指を握り返しながら、確信した。

「レオナルド」

「どうした？　フランチェスカ」

愛《いと》しむような声音で問い掛けられて、フランチェスカは月色の瞳を見据える。

「私ね。レオナルドが本当は悪い人じゃないって分かったときからずっと、レオナルドを疑うことを、意識して止めちゃってた」

ゲームのラスボスだと思っていた相手が、掛け替えのない友人になったのだ。

そうなればレオナルドは味方であり、疑うことなんかあってはならないと信じていた。だからこそ、疑問を抱くことに罪悪感もある。

「だけど、それは間違いだったんだ」

「……へえ？」

「だって」

フランチェスカは、真っ直ぐにレオナルドの瞳を見詰めて言った。

「あなたは私に、嘘をついている」

「……」

そう告げると、彼がくちびるに微笑みを宿らせる。

フランチェスカはそこからすぐに、レオナルドに伝えるための言葉を紡いだ。

「あのね。守られてるって感じるの」

先ほど話してくれた事情に、なんの引っ掛かりもなかったはずだ。けれども違和感を覚えたのは、それこそが理由なのだった。

「どうしてもレオナルドが、私のために嘘をついているような気がする……」

「……」

その予感は、きっと的中していたのではないだろうか。

何故なら次の瞬間、抱き締めていたフランチェスカの体を離したレオナルドが、上半身を起こしたからだ。

「レオナルド？」

「君は」

ほとんど覆い被さられるような体勢だ。レオナルドの表情から笑みが消え、静かなまなざしが向けられる。

長い睫毛に縁取られた双眸が、ゆっくりと伏せられた。

「俺に守られるのは嫌？」

「……」

レオナルドは、フランチェスカの瞳を静かに見詰めていた。

瞬きを繰り返したフランチェスカは、迷わずに手を伸ばす。レオナルドがどんな感情を抱いているのか、それが分かった気がしたからだ。

「！」

両方の手で、レオナルドの頭をよしよしと撫でる。

そして、彼を見上げながらこう尋ねた。

「もしかして今、レオナルドはさびしい？」

「………………」

やっぱり今のレオナルドは、本調子では無いのだと感じる。

だっていつもの彼ならば、ここで不敵に笑っていたはずだ。けれどもそうではなく、何も取り繕わない無表情のまま、やっぱりフランチェスカを抱き締めるのだ。

「さびしくないさ。我が親友」

「本当に？」

「本当」

これも嘘だと悟りながら、フランチェスカはレオナルドに腕を回す。

（レオナルドを疑わなかったことは、本当に反省しなくちゃいけない。レオナルドだって洗脳されて、私の敵に回る可能性もある。それに、私はちゃんと考慮しなきゃいけなかったんだ）

そんな風に自責しながら、レオナルドの頭を撫でた。

（レオナルドがゲームで担っていた役割と、この世界の関連性について）

どうしてゲームのレオナルドが、黒幕であるかのように振る舞えたのか。

それは逆に言えば、ゲームシナリオの黒幕が、レオナルドに関連した動きを取っていたからだ。

「レオナルドの考えを聞かせて。馬車への襲撃で狙われたのは、グラツィアーノじゃなくて私だって判断してるんだよね？」

「……」

「そして、私が狙われたその理由は……」

馬車の襲撃イベントは、ゲームシナリオでも発生するのである。

ゲームでは、『ラスボスのレオナルドが、フランチェスカを殺すために仕向けた』という形で描かれるものだ。

この世界のフランチェスカは、レオナルドがそんなことをしないと知っている。

だから無意識に、この世界で起きた襲撃には、レオナルドが一切関与していないものとして考えようとしていた。

（けれども多分、ゲーム世界でもこの世界でも、襲撃の発生理由は変わっていない）

フランチェスカは、自分に覆い被さるようにして顔を伏せたレオナルドを、改めてぎゅうっと抱き締めて言う。

「黒幕の目的が、レオナルドだから」

「――――……」

そう考えれば、たくさんのことが繋がるのだ。

（ゲーム世界のレオナルドは、主人公のフランチェスカを殺そうとしていた。それはきっと、私の持っている固有スキルを、レオナルドのスキルで奪うため）

レオナルドのスキルは、相手の死体に触れてスキルを奪い、生前の親交度に比例した強さで使用出来るというものだ。

フランチェスカを殺そうとしたのは、スキルを奪う目的だろう。その一方で、本気で殺そうとすれば容易かったはずだ。

それでもすぐに殺さなかったのは、時間を掛けて少しずつ追い詰めていく過程の中、歪んだ形で親交を深めようとしていた可能性がある。

（レオナルドが命を狙いながら、すぐに殺さずに手のひらで転がしていた女の子。ゲームの主人公フランチェスカも、外からはレオナルドの『特別』に見えていたっておかしくない）

それを踏まえて、この世界ではもっと単純だ。

（この世界の私とレオナルドは友達で、レオナルドは私への友情をずっと示してくれている。私がレオナルドの『特別』だっていうことは、自惚れじゃない自信があるもの）

つまりどちらの世界でも、フランチェスカはレオナルドに対する『餌』となるのだ。

「襲撃のとき、黒幕側の人が助けてくれた理由だって想像できるよ。今回はあくまでお試しで、レオナルドにとって私がどのくらい大事なものなのかを確かめる、その程度の襲撃だったんじゃないかな」

「……」

フランチェスカの使い道は、恐らくもっと先にあるのではないだろうか。黒幕はその計画のため、事前に確認をしたように思えるのだ。

「私を助けるために、レオナルドのスキルが知られちゃったかもしれない。……私の存在が、レオナルドの弱みになるかもしれない……」

「……フランチェスカ」

昨日の洞穴で、グラツィアーノがフランチェスカに謝った理由もよく分かる。

自分が誰かの重荷になることは、とても恐ろしいものだ。

「レオナルド、ごめんなさ……」

「ごめんな。俺の愛しいフランチェスカ」

「！」

懺悔《ざんげ》の言葉に重ねられて、フランチェスカは瞬きをした。

抱き締めていたレオナルドの体が離れ、覆い被さる体勢のまま上から見下ろされる。窓から差し込んでいた夕焼けの橙色は、ほとんど薄闇に近付いていた。

「あいつと違って。……俺は、君のために傍から離れる誓いなんて立ててやれない」

「……レオナルド……」

レオナルドの指が、フランチェスカのくちびるに触れる。

「離れることを、偽りですら誓える気もしない。……何と戦うことになろうとも、君が傍に居ないのは耐えられないんだ」

何物をも恐れないはずのレオナルドのまなざしが、宵の口の薄闇によって翳る。

「たとえ君に拒まれ、怯えられても」

「………………」

そのくちびるに、穏やかで淡い微笑みが滲んだ。

「――俺なんかに愛されて、可哀想なフランチェスカ」

その言葉に、フランチェスカは手を伸ばす。

レオナルドの白いシャツの、ボタンを外した襟元を掴み、ぐっと自分の方に引っ張る。

「……っ⁉」

お互いの額がぶつかって、こちん！　と軽い音を立てた。

「フラ……」

「ついさっき、守られるのが嫌かって聞かれたけど！」

覆い被さっていたレオナルドの体を、そのまま横に引っ張り倒した。

熱で苦しいはずのレオナルドは、簡単にフランチェスカの横に倒れ込む。彼と向かい合ったフランチェスカは、驚いて瞬きを重ねるレオナルドの頬に触れた。

「守られるだけじゃ嫌。私を守ってくれるなら、私にも守らせてほしいの！」

「……フランチェスカ」

「可哀想なんて思わないで。傍に居たいって言ってもらえて、すごく嬉しい……」

それを負い目に感じる必要なんて、何処にも無いのだ。

「だって、レオナルドは私の親友で。それから」

そこまで言い掛けて、自分の言葉に瞬きをした。

（それから？）

言葉にしがたい感覚が、心の中を満たしている。

それを上手く表現することが出来ず、とてももどかしい。

「……大事なの。だからいいよ、一緒に居よう？」

「……フランチェスカ」

「レオナルドだけが負うんじゃなくて、ふたりでやっつけちゃえばいい。だってこれは」

フランチェスカは目を閉じて、静かに口にする。


「――私の物語でもあるんだから」

「……？」


レオナルドに何か尋ねられそうになる前に、フランチェスカは元気よく体を起こした。

「襲撃者も暗殺者も黒幕側なら、その方がずっとシンプルじゃない？　もちろん決め付けは良くないから、別勢力っていう可能性も警戒し続けた方が良いだろうけど！」

「……」

「明後日はもう夜会の日だもん。グラツィアーノのお父さんをきっちり守らなきゃ……わあ！」

レオナルドの腕に肩を掴まれ、先ほどの仕返しのように引き倒される。フランチェスカを再び抱き枕にしながら、レオナルドは耳元で尋ねてきた。

「暗殺者に向いているのは、どんな人間だと思う？」

ぎゅっと抱き締めてくるレオナルドの問い掛けに、フランチェスカはもぞりと身を動かしつつ考える。

「えーっと……。度胸があって、護衛の人たちに止められない程度の腕力と、強い生命力がある人……？」

「ん。君の暗殺者のイメージは、少し面白いな」

（うわあ!! 確かに私がいま想像してたのって、殺し屋っていうよりも鉄砲玉だ!!）

前世で敵対組織の幹部を殺しに来るのは、血気盛んで標的の目の前に飛び出してくるような組員だ。自分が捕まることはおろか、それによって死ぬ覚悟すら出来ていることもあり、見付かるリスクよりも確実に役目がこなせる距離を選ぶ。

「ふ、普通の殺し屋はどうなの？」

「うん。殺し屋はまあ、普通には居ないんだが」

レオナルドはくつくつと楽しそうに喉を鳴らし、こう言った。

「場に溶け込む存在感の無さで、そこに居ても自然な存在だ。この森に初めて来た日に君が話していたように、夜会に招かれた賓客や……」

（言えない。レオナルドの言ってる想像とはちょっと違って、『会場に招かれた賓客のひとりが突然豹変して襲い掛かる』イメージだったなんて言えない……！）

「他にもパーティーの準備をし、会場に出る黒服。それから、主催者側の人間も」

「主催者側……」

主催者側というのはつまり、賓客をこの森に招く側であり、森の管理者やその配下も該当する。

「レオナルド」

フランチェスカは、ずっと気に掛かっていたことを口にした。

「あのとき、『あの人』があんなにちょうどよく森の中に現れるのは、不思議だってずっと思ってたの」

「……」

きっとレオナルドはもう、その考えに辿り着いているのだろう。

「それと。部外者の女性が、この森へ娼婦に化けて潜り込むのは、どのくらい簡単なことかな？」

「……フランチェスカ」

レオナルドが少し困った顔をしたことを、フランチェスカは見逃さない。

「気付いたよ。前にレオナルドが言ってた、私も夜会に潜り込む方法」

「……待ってくれ。それで他の男が君に無礼な真似をしたら、俺はそいつを殺してしまうかもしれない」

「そんなことしなくても大丈夫。レオナルドを守りたいと思ったら、レオナルドの大事なものも守らなきゃ。そうでしょ？」

そう告げると、レオナルドがぱちりと瞬きをした。フランチェスカはにこっと笑い、真っ直ぐに告げる。

「レオナルドの守りたいものが、私自身だって自覚してるから。――それごと全部、レオナルドを守るよ」

「……君は……」

レオナルドは、フランチェスカの額に口付けるかのように抱き締めて囁いた。

「世界中からどんなスキルを奪っても、君の強さには敵わないな」

「レオナルド、大袈裟!!」

そうして夕陽が沈み、夜が訪れる。

夜会の時までは、残り僅かだ。

5章　宝物

大規模な夜会が行われるその日。湖畔に建てられた屋敷の周辺は、準備のための慌ただしい空気に包まれていた。

その中でも最も神経を尖らせているのは、この会の主催となるサヴィーニ侯爵家の当主だ。少し離れた木々の中に立つグラツィアーノは、深呼吸をしてその男を見据える。

（……俺の、父さん）

続いてグラツィアーノは、傍らにいる銀髪の上級生を振り返った。

「リカルド先輩。もう行きます」

「本当に良いのか？　グラツィアーノ」

この強面の風紀委員長は、いつも学院でグラッツィアーノを追い回し、授業に参加しなかった分を補うための追試や掃除に引き摺っていく。

とはいえ面倒見がいい先輩であることも、グラッツィアーノはちゃんと理解していた。責任感ゆえなのかもしれないが、現に今もグラッツィアーノのことを見て、やたら心配そうに顰めっ面をしているのだ。

だから、グラッツィアーノは涼しい顔で答えてやる。

「良いもなにも、こういうのが必要でしょ。言っときますけど俺、汚れ仕事も普通に経験ありますよ」

「そういう話ではないだろうこれは。曲がりなりにもサヴィーニ侯爵は、お前の……」

「……リカルド先輩」

なんとなく予感がして、グラッツィアーノは眉を顰めた。

「もしかして俺と『侯爵閣下』のことで、なんか隠してることあります？」

「な……ななな、あるわけないだろう！」

「あるんすね。了解です」

「無いと言っている！」

本当はリカルドに聞くまでもなく、フランチェスカの態度で察していた。

（多分、お嬢が俺に気を遣うような内容……あの男が俺の暴言を吐いたか？　いや、それだけだと弱いな。俺が邪魔だから帰らせろとか、それこそ俺を暗殺してくれって依頼を、リカルド先輩とかに持ち掛けたのかもしれねーけど）

そんなことは今更どうでもいい。

そう思いながらも、グラツィアーノは息を吐く。

「じゃあすんません、行ってくるんで。リカルド先輩は見ててもらって、作戦開始したらフォローよろしくっす」

「おい、グラツィアーノ……！」

ズボンのポケットに手を入れて、グラツィアーノは歩き始めた。

瓜二つの顔がお気に召さないようなので、父が他の人間から離れた機会を狙ってやる。気遣いというわけではなく、こちらも人目に付きたくないのだ。

庭を歩く父の姿を見遣り、もう一度深呼吸したあとで、柱の陰から声を掛ける。

「侯爵閣下」

「……！」

父はすぐさま足を止めると、目を見開いて声を張り上げた。

「っ、何をしている!!」

（……おっと）

いきなりの大声は想定外で、グラツィアーノは少し驚く。この光景を誰にも見られたくないのは、騒いでいる父のはずなのだ。

父はグラツィアーノを睨み付け、怒鳴りながらこちらに近付いて来る。

「やはり爵位が目当てで来たのか!?　私の傍に近寄るな、この浅ましい人間が!!」

（あー。……この人、昔から変わってねえんだな）

初めて父を見付けたときも、こうして強く怒鳴られた。そんなことを思い出し、思わず自嘲的な笑みが浮かぶ。父はグラツィアーノを詰り続けた。

「やはりお前のような人間は、徹底的に排除せねばならないようだな！　すぐに立ち去れ、でなければラニエーリ家の構成員を呼ぶぞ‼」

「………」

その声に、やはりどうしても昔のことが浮かんでくる。

『瑠璃色のブローチ、綺麗でしょう？　これはお父さんとのお揃い。……お母さんはお父さんのことが、とっても大好きだったのよ』

母はいつでもそう言って、嬉しそうに笑っていた。

『お母さんは、お父さんに出会えて幸せだった』

死の目前ですらそうだった。

そしてグラツィアーノがあのとき、母の後を追うように死なずに済んだのは、母が大切なブローチを売ってくれたからだ。

それとまったく同じ揃いの作りをしており、サヴィーニ家の家紋が入った瑠璃色のブローチは、目の前の父の胸元に輝いている。

『大丈夫だよ。グラツィアーノ』

続いてグラツィアーノが思い出すのは、フランチェスカの笑った顔だ。

『絶対に、私が守るからね！』

「……サヴィーニ閣下」

グラツィアーノは顔を上げ、父を見据える。

「閣下におかれましてはご心配なく。どのようなことがあろうとも、俺はサヴィーニ家に私欲で近付くことはありません」

「お前の意思の問題ではないと、そんなことも分からないのか⁉　お前の姿を見れば、他人がどのような推測をするか想像が付くだろう‼」

「あんたはあちこちから恨みを買い、殺し屋に命を狙われている。その状況で開かれるこの夜会がどれほど危険か、そっちこそ『想像が付く』でしょう」

そう告げると、父はますます強くグラツィアーノを睨み付けた。

「……黙れ」

「いくらでかい儲け話のためとはいえ、接待なんてしばらく止めときゃいいのに。あーだけどそれじゃキリがねーのか……この家、先祖から何代にもわたって腹黒いことばっかりやってるみたいですもんね」

「黙れ‼」

「だけど守らせてもらいます。死にたくなかったら、あんたこそ少し黙っててもらえますか？」

グラツィアーノが一歩歩み出るも、父は鼻で笑ってみせる。

「守るだと？　ふん、馬鹿なことを！　やはり私の息子であることを主張して、家族だから守るとでも言うつもりか⁉」

「そんなんじゃありませんよ」

「違うというならば、何故私を……っ」

あくまで淡々と冷静に、父の言葉を否定した。

「――それが、お嬢の意思だからだ」

「！」

父がその目を大きく見開く。

けれども最早グラツィアーノにとって、大切なのはそれだけだった。

「あんたを死なせない。そのために守る。お嬢が望んで、俺に命じた」

「……あの、お嬢さんが……？」

「だから」

グラツィアーノは拳を握ると、それを父のみぞおちに叩き込む。

「ぐ……っ⁉」

「すみません。侯爵閣下」

気を失った父が、どさりと地面に倒れ込んだ。グラツィアーノは手を伸ばすと、父が着ている上着の胸倉を掴む。

「俺としても、今日は手段を選んでいられない」

父の胸元に輝く瑠璃色は、こうして見ると母が持っていたブローチと本当にまったく同じだ。

「……」

その青が、泣きたくなるほどに懐かしい。

グラツィアーノは改めて地面に膝をつくと、こちらに走ってきたリカルドの手を借りるのだった。

＊＊＊

欠け始めた月の浮かぶ夜、サヴィーニ侯爵家の主催する大規模な夜会には、主に国外からの要人たちが集まっていた。

その錚々たる顔触れときたら、見る者が見たら青褪めたかもしれない。なにしろ誰もが大物で、ひとりひとりがその国々の経済状況を左右するような力を持った人物なのだ。

海運を牛耳る貿易商や、大陸の食糧事情に深く関わる大農園の持ち主などが、ワインを片手に談笑している。

地位ある男性たちの傍らに寄り添うのは、ラニエーリ家が抱える高級娼婦たちだ。

優美な花のごとき女性たちは、それぞれ色とりどりのドレスを身に纏っている。

容姿や所作が美しいだけでなく、豊富な知識と磨き上げられた話術を持つ彼女たちは、参加者を心から楽しませていた。

そんな中でも注目を浴びたのは、五大ファミリーの若き当主の姿だ。

「いやはや、今日の会に来てよかった！　実にいい日だ」

「サヴィーニ閣下に礼を言わねばな。まさかこんなところで、アルディーニ家のご当主と顔見知りになれるとは」

「ところで、アルディーニ殿が連れている彼女は……」

要人が呟いた言葉を聞き、傍らにいた女性がそっと囁く。

「もう、駄目ですよ。あの子はアルディーニさまの専属なの」

「そうなのか？　しかし、名前くらいは良いだろう」

「ふふっ、だーめ。今のお話がアルディーニさまに聞かれていないか、私が確かめに行って差し上げますね？」

ぱちりとウィンクをした女性は、ホール内の人混みを堂々と歩き始める。何人もの男性たちが彼女に視線を送るが、女性は迷わずに大きな人垣の方に進んでドレスの裾を翻した。

人垣の中心にいるのは、年若いふたりの人物だ。

黒髪の青年は、レオナルド・ヴァレンティーノ・アルディーニである。

繊細な作りの美しい顔立ちに、大胆不敵な獅子のような振る舞いを持つその青年は、ただ立っているだけで他者を焦がれさせる雰囲気を纏っていた。

そのレオナルドが隣に置いて大切そうに守っているのは、明らかに場慣れしていないひとりの少女だ。

「まあ。緊張しちゃって、可愛らしいわね」

女性は少女を見て呟き、くすりと笑った。

赤髪の少女が身に纏っているのは、瞳と同じ水色のドレスだった。

優雅なラインを描く裾は、水中で揺蕩《たゆた》う花のようにひらひらと広がって、年頃らしい可憐さを醸し出していた。

上半身は首筋から肩、谷間にかけて肌が露出しているデザインだが、チョーカーやアクセサリーによってとても上品に纏められている。

大人っぽさと初々しさが見事に重なり、とてもよく似合っていた。

この夜会の主催であるサヴィーニ侯爵の家は、様々な場面でラピスラズリを用いるのだ。その瑠璃色と同じ青系統のドレスを選んでいる結果、会場内の調度品とも調和が取れていた。

隣で守っているレオナルドがいなければ、今頃たくさんの殿方に囲まれてしまっていただろう。

女性はそんなことを思いながら、赤髪の少女に笑い掛ける。

「――フランチェスカちゃん！」

「！」

すると少女は表情を輝かせ、こちらにぶんぶんと手を振ってきたのであった。

＊＊＊

「お姉さ……イザベラさん！」

レオナルドの隣に立っていたフランチェスカは、娼婦の女性イザベラに声を掛けられてほっとした。

見知らぬ男性たちに囲まれて、少し緊張していたのだ。いそいそとイザベラの方に向かおうとしたものの、すぐさま肩を抱かれてしまう。

「フランチェスカ」

フランチェスカを引き留めたのは、隣にいるレオナルドだった。

「駄目だ。行かせない」

「で、でも」

小さな声で囁かれて、フランチェスカも同じく小さな反論をする。

「あれは他の参加者の男の人じゃなくて、ソフィアさんのところのお姉さんだよ？」

「それでも駄目。忘れたのか？　今の君は、俺だけの女の子だってこと」

レオナルドは周囲の男たちを牽制しながら、フランチェスカに向かって微笑んだ。


「――娼婦のふりをして潜り込むなら、それだけは譲らないって約束しただろ」

「うぐう……」


レオナルドの言う通りだった。

今夜のフランチェスカは、カルヴィーノ家のひとり娘としてでもなければ、学院に通う学生としてこの夜会にいる訳でもない。

『私が娼婦のふりをして、レオナルドと一緒に夜会に行く。これが、婚約者や奥さんをエスコートして行けない夜会の場に、女である私も同行する方法でしょ？』

フランチェスカがそう告げてから、レオナルドを説得するまでには大変な紆余曲折があった。

フランチェスカが男装することも考えたものの、男の人のふりをするのはきっと難しい。であれば娼婦のふりの方が、まだ誤魔化せる可能性が高いと思ったのだ。

最終的に折れてくれたレオナルドからの条件は、かなり厳密なものだった。

今もこうしてフランチェスカの肩を抱き寄せ、間近に見下ろして、少し意地悪な微笑みを浮かべながら言う。

「俺がこうして、常に君へと触れていられる距離にいてもらわないと。少しでも俺から離れたら、たちまち君を口説く男たちに囲まれるぞ」

「それはさすがに大袈裟！」

ひそひそと小声で話すうち、イザベラがフランチェスカの傍にやってくる。

彼女は周囲の男性たちをそれとなく離れさせた上で、そっと柔らかく頬に手を添えてくれた。

「フランチェスカちゃん大丈夫？　怖い目に遭ったりしてないかしら。あなたたちは私を川原で助けてくれた恩人なんだもの、なんでも言ってね」

（わわ、良い匂い）

可愛らしくも大人っぽいその色香に、フランチェスカまでどきどきしてくる。

仕事ではない時間、別荘で寛いだ姿のイザベラも無防備な色気があったが、接客中の美しさは更に磨きが掛かっていた。

「レオナルドが一緒にいるから大丈夫です！　それとこの大人っぽいドレス、貸して下さってありがとうございました」

「いいのよ。ソフィアお姉さまの手が空いてれば、もっと色んなドレスを試着させてあげられたのだけれど……おもてなしのために忙しいみたいで」

「ソフィアさんが、ですか？」

娼婦を手配しているだけではないのだろうか。フランチェスカが尋ねると、イザベラが人差し指を口元に当てていう。

「サヴィーニ閣下の姿が、見えないみたいなの」

「……それは、心配ですね」

イザベラはむうっとくちびるを尖らせ、怒ったように言う。

「閣下ったら、どうしちゃったのかしら？　フランチェスカちゃんたちに助けてもらったあのとき、閣下の命令で随分強引に連れていかれそうになったでしょ？　そのお詫びに、素敵なお客さまになってくれそうなおじさまと会わせてくださるって約束だったのに。ひどいと思わない？」

「それでしたら、イザベラ嬢」

フランチェスカとの会話を遮って、レオナルドがにこやかに言った。

「向こうの方に、俺が先ほどご紹介に与った男爵閣下が。なんでも新進気鋭で評判の、素晴らしい実業家だそうで」

「あら、ほんと？」

「それじゃ、俺とフランチェスカは外の空気を吸ってくるとしよう。行こうか、フランチェスカ」

「う、うん……」

肩を抱かれて歩き出すも、そこに新しい要人が話し掛けてくる。

「アルディーニ閣下！　よろしければ私とあちらで少しお話を……」

「私も是非紹介したいお方がいらっしゃいまして。きっと有意義な時間になるはずです、さあさあ！」

「生憎」

レオナルドはフランチェスカを抱き寄せたまま振り返り、人懐っこい笑みの中に僅かな陰を見せて言った。

「この美しい彼女と過ごす以上に、有意義な時間を知らないもので」

「……っ」

あからさまな牽制に、要人たちが怯んで立ち止まる。

ホールから直接下りることの出来る庭の方へと連れて行かれながら、フランチェスカは少し心配になった。

「私が本当は娼婦じゃなくて、レオナルドの友達だってことバレちゃうんじゃない……？」

「今のを見て、君のことを俺の友人だと思うような男は居ないさ」

「そうなの？」

大切な友人扱いをされている気でいたが、世間的にはそうでもないのだろうか。それはそれで残念に思いつつも、レオナルドと一緒に庭へと出る。

最初は暗くてよく見えないものの、レオナルドにエスコートされつつ湖の方に歩いてゆく。ややあって目が慣れてくると、辺りの様子がよく分かった。

「わ……」

目の前に広がるその景色に、フランチェスカは声を上げる。

このダンスホールがある建物は、湖畔に造られているものだ。庭は湖に面しているのだが、その湖面は凪いでおり、まるで鏡のようになっていた。

そして湖の表面には、欠けつつある月や星の光が、まるで鏡のように映り込んでいる。

空にあるはずの星々が、湖面に浮かんで輝いた。その光景は不思議であり、幻想的だ。

「レオナルド、すごいね！」

フランチェスカは湖の方に数歩歩くと、レオナルドを振り返って見上げた。

「湖が大きな鏡になってるし、風がとっても涼しい」

「ああ、見事な光景だ。もっとも君の瞳の方が、よっぽど鏡のように美しいんだが」

「誰の気配も無いから、口説いてるふりしなくても大丈夫だよ」

「ははっ」

そう告げるとレオナルドは笑い、フランチェスカの隣に立って囁く。

「――あいつの乗った馬車が来る」

「！」

レオナルドが言った通り、森の向こうから一台の馬車が走ってきた。暗くてはっきりと見えないものの、その馬車はラピスラズリの青色に塗られている。

掲げられた旗は、サヴィーニ家の家紋が描かれているものだ。

「遅れてやってきた侯爵の登場を、みんな待ち侘びているだろうな」

「……そうだね」

「上客を紹介されたい娼婦や、接待の仕事を代理で務めているソフィアだけじゃない。侯爵と商談の段取りを組みたい連中の他に、殺し屋も……」

「ひとつだけ聞いていいかな。レオナルド」

フランチェスカが前置きすると、レオナルドがこちらを微笑んで見下ろす。

「これから始まる作戦に、必要なことか？」

「きっとそう。だからね、教えてほしいの」

一際強い風が吹き、鏡のようだった水面に細波《さざなみ》が立った。

レオナルドの跳ねた黒髪が風に煽られる中、フランチェスカは口を開く。

「サヴィーニ侯爵がレオナルドに依頼したのは、本当にグラツィアーノを殺すことだった？」

「……」

レオナルドが微笑みのまま目を眇める。彼が何かを答える前に、フランチェスカは自らの発言を否定した。

「……ごめんね、いまの聞き方は間違ってた。レオナルドはきっとこの件で、なにひとつ嘘なんてついてないはず」

「へえ？」

「教えてくれた依頼の内容は、『グラツィアーノをサヴィーニ侯爵の傍から完全に排除するように頼まれた』ってことだもん。これは間違いなく、本当なんだと思うんだ」

サヴィーニ家の馬車が森を抜け、ダンスホールに近付いてくる。他の参加者たちもそれに気が付いたのか、賑やかさが増してきた。

「まあ、サヴィーニ侯爵がいらしたわ！」

参加者たちがそれぞれ侯爵を歓迎するために、他の場所にある扉から庭へと下りてくる。フランチェスカはそんな中、レオナルドから視線を外さない。

「その依頼を受けたふりをして、動向を探ってくれていたのもきっと本当。だけど――……」

そのときだった。

「!!」

凄まじい突風が吹き荒れて、ドレスの裾が乱される。その風は建物の周辺だけでなく、ホールの中をも駆け巡った。

「うわ、真っ暗だ!!」

「明かりが消えたぞ!!　なんて風だ、すぐに火を……！」

辺りが真っ暗になってからも、フランチェスカとレオナルドの視界は奪われていなかった。

「レオナルド！」

「ああ」

レオナルドが駆け出すのと同時に、フランチェスカも馬車の方に走る。ふたりは既に、この庭の闇に目を慣らした後だ。

そしてもうひとり、他とは異なる行動を起こした人物がいる。その人物は、着ている衣類の裾をたくしあげて何かを取り出すと、地面に跪いてそれを構えた。

（銃だ……！）

サヴィーニ家の当主の馬車から、長身の男性が降りてくる。銃を構えた人物が引き金を引く気配に、フランチェスカはその名前を叫んだ。

「――……っ、イザベラさん!!」

辺りに銃声が鳴り響く。

娼婦のイザベラが撃ったと同時に、どさりと男性が倒れた。その胸元に着けられていたサヴィーニ侯爵のブローチが、月の光に反射する。

「……あらあら、フランチェスカちゃん」

銃を手にしたイザベラは、冷たい目でフランチェスカを見遣った。

「なんだか私が撃ったことに、あんまり驚いてくれないのね？」

「……っ」

他の参加者や娼婦たちは、突然の銃声に驚いて騒然としている。

「今の音はなんだ!? まさかサヴィーニ侯爵閣下が撃たれたのか!?」

「きゃあああっ、誰か!! 誰かお医者さまを、早く呼んで!!」

「撃ったのは誰だ、まだこの近くにいるかもしれないぞ!!」

「くそ、暗くてよく見えない……!! 早く逃げろ、俺たちも殺される!!」

ひどい混乱と悲鳴の中、フランチェスカはイザベラを見据える。

「――イザベラさんの過去を、調べさせていただきました」

レオナルドが体調を崩した日、調べてほしい内容を紙に書いてグラツィアーノに渡した。フランチェスカがそうやってイザベラを調べたのは、引っ掛かる点があったからだ。

「やっぱり違和感があったんです。私が襲撃されたとき、イザベラさんがあの森に現れたこと」

そう告げると、長い睫毛に縁取られたイザベラの双眸が細められた。

「イザベラさんはあのとき、轍を辿って来たと言っていたのに。あの辺りの森は、地面が強固に固められていて、轍が付くはずもなくて……」

現にあの翌日、襲撃場所を見に行ってくれたリカルドの靴は、ぴかぴかに輝いたままだった。

そしてフランチェスカが落ちたのは、あの雨が降り出す前だ。雨が降ったあとにも靴に土汚れすらつかない一帯に、青天時の馬車の轍が残るはずもない。

フランチェスカはそれに気が付いたあと、リカルドと一緒にそれを見に行って確かめている。そのため別荘に戻るのが夕刻になってしまったが、おかげで違和感は確信に変わっていた。

「私が襲われたのは、通るはずの道から外れた場所だったのに。イザベラさんがあのとき、それほど迷わずに私の所に来てくれたのが、落ちた後からずっと疑問でした」

「なあフランチェスカ。そんなに丁寧な説明をしてやる義理はないいんじゃないか？」

レオナルドはフランチェスカの肩を抱き、守るようにしながら笑う。

『怖くて森の中を逃げ回って、助けを呼ぶのに時間が掛かった』というのも嘘だ。最初から信じる気はなかったが、そんな小細工の所為でフランチェスカが凍えたと思うと虫酸《むしず》が走る」

「ひどいわ。アルディーニ家の当主さまともあろうお方が、女性を信じてくれないの？」

「それならあなたを追ったはずの不届き者は、どうしていまあんたを殺しに来ない？」

「！」

レオナルドの問い掛けに、イザベラは口を噤んだ。

「殺す理由が無いからだ。フランチェスカを襲った連中とあなたとは、敵対しない関係にある」

「……もういいわ。それにしたって随分と悠長に、私とお喋りしてくれるのね」

イザベラは手にした銃をくるんと回し、サヴィーニ家の馬車の前に出来た人だかりを見遣る。

「まあでも確かに、死んでしまった以上は他に何も出来ないものね？　私が殺し屋だと気付いていても、いまこうやって問い詰めることに成功していても、なんの意味もない。サヴィーニ閣下は死んでしまったわ」

「……」

「うふふっ、結果はそれで十分！　私は役割を果たせたの。これで――……」

可愛らしく上機嫌な笑みを浮かべたイザベラは、銃を握った自分の手元を見下ろした。

「……これで……？」

そう呟いた彼女の顔が、不安そうに歪む。

「……なに？　私は何を。一体どうして銃なんて、嫌……」

「……レオナルド」

「ああ」

イザベラの声には動揺が滲み、震え始める。彼女は左手で髪を掻き上げるように頭を押さえると、小さな声で繰り返し始めた。

「私が撃ったの？　……そうよ、だって、殺さなきゃいけないから……!!　撃たなきゃ、殺さなきゃ、死んでもらわなきゃ!!　あのお方のご命令だもの、そうじゃなきゃ……!!」

髪を掻き乱したイザベラが、荒々しく再び銃を構える。その銃口はまっすぐに、サヴィーニ家の馬車の方に向いていた。

「イザベラさん……っ」

「君は動くな、フランチェスカ！」

レオナルドの声と共に閃光が走り、イザベラの手首で青色に爆ぜる。レオナルドが作った氷の枷に捕らわれても、イザベラは身を捩《よじ》らせながら叫び続けた。

「撃ち込むの、何発も!!　絶対に殺すわ、あの男を撃つ……！」

(リカルドのお父さんのときと同じ。その人の嘘を暴いて、言い逃れが出来ない状況に追い込むと、こんな風に精神状態の揺らぎが生まれ始める)

「……だけど」

イザベラはどさりと地面に膝をつき、ぽつりと呟く。

「……命令って、一体誰の……？」

（やっぱり、イザベラさんも黒幕に洗脳されてるんだ……!!）

フランチェスカは急いで顔を上げると、太ももに隠した銃を素早く手に取る。上空に向けて撃つと、仕込んでいた閃光弾が流れ星のような尾を引き、ぱあんと音を立てて空で弾けた。

（合図完了！　あの人がここに来てくれるまでの間に……）

通常ならこの夜会に出られない人間であっても、緊急事態とあれば話は別だ。その印として撃った閃光弾の銃声に、参加者たちは再び悲鳴を上げた。

「また銃声だぞ!!　逃げろ、逃げろ!!」

「だが、サヴィーニ閣下が撃たれているんだぞ!?」

「構っていられるか、人殺しがいるんだ!!　おい、俺を先に通せ!!」

馬車を取り囲んでいた参加者たちも、今度は一斉にダンスホールの方へと走り出した。突風で明かりが消えたままのホールは真っ暗だが、湖や森の方に逃げるのは抵抗があるのだろう。

そんな中、イザベラが小さな声で呟く。

「……人殺し……？」

彼女は混乱し切ったまま、自分の傍に落ちた銃を見遣った。

「私、のこと。……でも私、もう人を殺さないって、決めたはず」

「イザベラさん……」

グラツィアーノが調べてくれたイザベラの過去は、『まったく掴めない』というものだ。

裏社会の人間が調べても、すぐに情報が出てこない。これはつまり、対象が同じく裏社会で生きてきた人間であり、その過去が抹消されていることを意味する。

「……ソフィア姉さんに拾ってもらえて、殺さずに生きていけるようになったじゃない。それなのにどうして？　どうして撃ってしまったのか分からない。でも、間違いなく引き金を引いた、私が」

辺りに漂う硝煙の臭いに、イザベラが引き攣った悲鳴を上げる。

「私が、また殺した……!!」

そのときだった。

辺りに誰もいなくなったことで、馬車の前に倒れている人物の姿が見えやすくなる。茶色の髪に長身の体格を持ったその男性が、ゆっくりと身体を起こしたのだ。

「……あー、いってえ……」

「え……」

掠れた声に、イザベラは瞬きをする。

そこから立ち上がった人物が、イザベラにはサヴィーニ侯爵に見えたかもしれない。だが、そうではないのだ。

「そんな、どうして……？　弾は左胸に当たった、はず」

「防弾チョッキをがちがちに着込んで、身体強化のスキルを使ったんで。別に、この程度は」

彼は涼しい顔で言ってのけるも、相当の痛みはあったはずだ。それでも真っ直ぐ立った人物に、フランチェスカはほっとして笑う。

「大丈夫だって信じてたのに、それでも心配だった。怪我はないよね？」

「当然でしょ」

サヴィーニ侯爵の衣服に身を包み、瑠璃色のブローチを身に着けたグラツィアーノは、首元に締めていたネクタイを緩めながら言う。


「そうじゃなきゃ、俺があの人のふりをした意味がないんで」

「――さっすが、グラツィアーノ！」


『身体強化』のスキルを持ち、それをフランチェスカに強化されていたグラツィアーノは、父親の扮装をしたまま誇らしそうに笑った。

「ああ、本当に良かった」

その場にぱちぱちと響いたのは、レオナルドのいささかまばらな拍手だ。

「これで解決だな。誰も死人が出ることなく、素晴らしい幕引きで何よりだ」

「……レオナルド」

「それじゃあフランチェスカ。君と番犬には、この淑女のエスコートを頼めるか？」

放心状態で座っているイザベラを示しながら、レオナルドが微笑む。

「俺が連れて行ってもいいんだが。フランチェスカの敵だと思うと、うっかり殺したくなるかもしれないからな」

「……」

殺し屋を確保したあとの流れについては、事前に決めておいた通りだった。

ダンスホールを出た先の森には、カルヴィーノとアルディーニ、両家の構成員が待機している。

その他にも国王ルカに遣わされた見届け人が、『任務』の遂行を確認することになっていた。

けれどもフランチェスカは、レオナルドに正面から向かい合う。

「レオナルドはどうするの？」

「ダンスホールは混乱している、それを鎮めるべきだ。それに黒幕が近くに居た場合、集団洗脳のスキルを使われる可能性もあるだろ？」

確かに黒幕の洗脳スキルによって、大勢が操られる可能性はあった。実際にフランチェスカが初めて参加した夜会では、そのスキルによって大変な事態に陥ったのだ。

「あのね、レオナルド」

筋が通っている説明に対し、鵜呑みにせず告げる。

「私、言ったでしょ。レオナルドの嘘を疑わないようにするのは、間違いだったって」

「……ああ。君の言葉はすべて、忘れずに覚えているさ」

「私はレオナルドの嘘に、いまも守られている気がする」

その会話を聞いているグラツィアーノが、怪訝そうに眉根を寄せた。張本人であるレオナルドだけが、余裕の微笑みを崩していない。

「サヴィーニ侯爵を狙っている殺し屋は、イザベラさんひとりだけじゃないよね？」

「な……」

グラツィアーノが目を見開いたが、レオナルドはやはり表情を変えないままだ。

「あのとき、あの人があんなにちょうどよく森の中に現れるのは、不思議だってずっと思ってた」

先日も、レオナルドにそう告げた。

けれどもフランチェスカの言った『あの人』とは、決してイザベラのことではない。

「サヴィーニ閣下はどうしてあのとき、川原に現れたのかな？」

「――――……」

レオナルドの沈黙は、フランチェスカの予想を更に後押しした。父の名前を訝しんだグラツィアーノが、フランチェスカに確かめる。

「どういうことっすかお嬢。あれはサヴィーニ家の事業で雇ってる人間が、娼婦を無理やり連れて行こうとしたんでしょ？　あの人……侯爵閣下はその首尾を確認するために、川原に来たんじゃ」

「いくらお姉さんたちが逃げたからって、普通は侯爵が直々に追い掛けるなんてことしないよ。現に部下の人がお姉さんを追ってたし、侯爵はそれを待てばいいだけのはずだったのに」

あの瞬間に疑問を抱いた理由は、ゲームのシナリオと違っていたからだ。

けれどもこうして突き詰めれば、やっぱり川原での出来事はおかしい。

「侯爵閣下はイザベラさんを捜していた。けれどもそれは、イザベラさんを商談に連れて行きたくて、強引に連れ出そうとしていたからじゃない」

「それならなんで、あの人は」

「グラツィアーノに話せていなくてごめんね。侯爵はレオナルドとリカルドに、依頼をしたそうなの」

グラツィアーノに話せなかったのは、レオナルドのあの口ぶりによって、『グラツィアーノを殺すように依頼された』と解釈できてしまったからだ。

けれども恐らくそうではない。

「侯爵はあの時にはもう、イザベラさんが自分を狙った殺し屋だって気付いてたんじゃないかな……」

「は……？　ですがお嬢、それだと」

「だけど部下の人が先に見付けてしまった上、あの川原に私たちがいた所為で、イザベラさんに『実行』させることは出来なかった。だからこれ以上失敗しないよう、手数を増やすために、レオナルドに依頼した……」

本当なら、これだってグラツィアーノには聞かせたくない。けれどグラツィアーノの赤い瞳には、フランチェスカの言葉から逃げない意思が宿っていた。

だとしたら、フランチェスカが逃げる訳にはいかない。

「……レオナルド、教えてくれたよね。『侯爵は、殺してほしいってはっきり依頼してきた』って」

「ああ。そう話した」

「だけど、サヴィーニ侯爵がレオナルドに『殺してほしい』って依頼したのは、決してグラツィアーノじゃない」

フランチェスカは腹を括り、その人物の名を口にする。

「暗殺対象は――……」

「っ、はは！」

その名を聞いたレオナルドは、首を竦めるように笑った。

フランチェスカの推測が事実であることを、レオナルドが隠す気配はなさそうだ。

それを聞いていたグラツィアーノの双眸が、僅かに揺れる。

「どういう意味ですか、お嬢。それじゃあ、あの人が殺そうとしてるのは……」

混乱するのも当たり前だ。フランチェスカは自分に思い当たる考えを、手探りのまま口にした。

「理由はなんとなく想像がつくの。サヴィーニ家が権力を得てきた歴史の裏には、悪事の痕跡があったよね？　だけどその悪いことはどれも、サヴィーニ家が直接実行に移した訳じゃないはずだよ」

「悪事をバレずに行うのは、一種の才能が必要だからな。サヴィーニ家は、実行犯と手を組んだだけの立ち位置なんだろう」

レオナルドは前髪の一房を指先で摘み、癖を直すようにして笑いながら言う。フランチェスカはレオナルドの否定がないことを確かめながら、先を続けた。

「実行犯は、計画の首謀者でもあるのかもしれない。長年サヴィーニ家と一緒に悪事を働いていたとして、それがいまになって不要になったのなら……」

グラツィアーノがはっとしたように、サヴィーニ家の馬車を振り返った。家紋の旗が翻るのを見詰め、独白のように呟く。

「首謀者は、サヴィーニ家当主を口封じのために殺そうとしている……？」

「考えを聞かせて、レオナルド」

レオナルドはずっと、この暗殺事件を解決することそのものではなく、一連の事件における黒幕を探ることを優先していたように見えた。

実際にこの暗殺の首謀者が、レオナルドの追っている黒幕と繋がっている可能性は高い。

フランチェスカだって、この暗殺がゲームシナリオのメインストーリーであることを知っている以上、黒幕との関連は高いと考えていたのである。

だが、きっとそれだけではない。

「侯爵閣下を狙っているのは……」

「──サヴィーニ家と組んでいた犯罪者は、恐らく『黒幕』どもだ。しかしサヴィーニ家は今まさに、切り捨てられようとしている」

「……」

グラツィアーノが拳を握り締めたそのとき、ホールの方からガラスの割れる音が響いた。

「!!」

フランチェスカは振り返り、視界に映った光景に息を呑む。

「これ……」

真っ暗闇であるホールの中は、異様な静寂に支配されていた。

目を凝らして見えてくるのは、床に大勢が倒れている光景だ。先ほどまで混乱し、逃げようとしていたはずの人々が、いつのまにか気を失っている。

反射的に助けに行こうとして、けれどもすぐに踏み止まった。確かに大勢が倒れているのだが、ホールにいるうちの数十人は、だらりと力無い姿勢で立ち尽くしているのだ。

「いまはまだ動かないでくれ。フランチェスカ」

「分かってる……。倒れている人も、ぼんやり立っている人たちも、様子が変」

立ち尽くしている人々は、全員がラニエーリ家の娼婦だった。

彼女たちは床に跪くと、倒れている男性の上着を探り、そこから煙草用らしきマッチを取り出す。それを擦って、テーブルの上に置かれた燭台の蝋燭《ろうそく》に火を灯し始めた。

「消えた明かりを、点け直してるの……？」

「……始まったな」

娼婦たちはドレスの裾をふわふわと泳がせながら、火のついた蝋燭を手に暗闇を歩き回る。幽霊のような足取りだが、重力を感じさせない軽やかさで、あちこちの燭台に火を移していった。

ホール内は瞬く間に明るさを取り戻し、この庭からも光景がよく見えるようになる。火を灯す女性たちの顔付きは、生気がなくてひどく虚ろなものだ。

それを目の当たりにしたグラツィアーノが、嫌悪感を露わに顔を顰める。

「集団洗脳……」

それはまるで、荘厳な儀式のような光景だった。

瑠璃色の絨毯とシャンデリアで彩られたダンスホールに、無数の人々が倒れている様子も。その中で、煌びやかな衣装を纏った娼婦たちが、蝋燭を手にして舞っている様子もだ。

「倒れているのは各国の要人たち、それも全員が高位貴族だ。一方で操られている娼婦たちは、美しくとも身分の低い出自《しゅつじ》なんだろう」

「レオナルド……」

「洗脳を免れているのは俺たちも同じ。どうやら黒幕殿の集団洗脳は、大人数を同時に操れる分、貴《とうと》い血を引く人間には通用しないらしいな」

（血の貴さ。つまりゲームでいうところの、レアリティに該当する要素……！）

つまり一定のレアリティ以上には、集団洗脳は通用しないということなのだ。

リカルドの父が洗脳されていた以上、ひとりひとりを洗脳する場合には無関係なのだろう。しかし、こうして大勢が同時に洗脳される状況では、高位貴族なら免れることが出来る。

レオナルドが黙って観察していたのは、それを探るためということだ。

「倒れている連中は、洗脳された娼婦にホール内で気絶させられたかな。あの混乱と暗闇の中だ、大の男でもあっさり倒せただろう」

「レオナルド、悠長なこと言ってないで！」

「いやいや、ゆっくり見物しないか？」

月の色をした双眸を眇め、レオナルドが上着のポケットに両手を入れた。

「敵はどうやら、見せ付けたがっているみたいだぞ。――サヴィーニ侯爵の暗殺を阻みたい君にとって、最も厄介な『暗殺者』を」

薄明かりに照らされたダンスホールの中央に、ひとりの人物が歩み出る。

すらりとした長身に、それなりの筋肉質さを思わせる体格。茶色の髪と赤い瞳を持ち、フランチェスカにとって馴染み深さを感じさせる顔だちの男性だった。

「やっぱり」

洗脳された娼婦たちが、その男性へ祈るように跪く。かの人こそが侯爵を狙い、殺そうと望んだ、黒幕に洗脳されている人物なのだ。


「サヴィーニ侯爵が殺してほしいと依頼してきたのは、侯爵自身……」


そこに立っていたのは、護衛対象であるサヴィーニ侯爵、まさに本人だった。

グラツィアーノと同じ色をした侯爵の瞳が、はっきりとこちらを見据えたのが分かる。

(侯爵の持っているスキルのひとつは、グラツィアーノと同じ身体強化。拘束して閉じ込めても、目が覚めれば逃げ出せるって分かっていたけど……)

自分が暗殺される場所にやってくる理由など、それほど多くはないはずだ。

「まったく。……ようやく私のすべてを終わらせることの出来る、晴れやかな日だというのに」

侯爵がグラツィアーノを睨み付けるその目付きは、フランチェスカまでもが身構えたくなるほどに冷たいものだった。

侯爵は息子から視線を外すと、続いてレオナルドを失望したように見据えるのだ。

「アルディーニ殿。貴殿はあのとき、私の依頼を受けると言って下さったはずだが？」

「ははっ！　実は生憎、まともな判断がつかなくなっている人間との取引はしない主義なんだ。常日頃からそういう輩を相手にすることも多い分、自衛の処世術は身に付けていてね」

レオナルドの言葉に、侯爵は忌々《いまいま》しそうな顔をする。

「……あのお方が私に死ねと仰る中、随分と『準備』に時間が掛かってしまった。ようやく実行に移せそうだというのに、邪魔をするつもりの人間を全員排除せねばならないようだな」

（準備……？）

侯爵の言葉が引っ掛かるも、同時にやはり洗脳されているのだと実感する。フランチェスカは数日前から、この疑念が抜けなかったのだ。

だからこそ洞穴での雨宿り中、レオナルドに切り出した。

『もし、ね？　……もしも暗殺事件に関わる人が、黒幕に洗脳されていたら……』

暗殺事件に関わる人物で、洗脳されていると最も厄介なのは、サヴィーニ侯爵自身だ。

（侯爵がレオナルドに依頼したのも、自分自身の暗殺。侯爵がレオナルドに『殺してくれ』とはっきり言ったのは、グラツィアーノじゃなくて自分のこと……）

やっぱりレオナルドは嘘をついていなかった。フランチェスカが誤解するように言い方を変え、真実を隠したのだろう。

グラツィアーノは、静かにこちらへ歩いてくる父親を睨み付けながら口を開く。

「あの人は自分で自分を殺すよう、黒幕に洗脳されてたってことか？」

「……恐らくは、それだけじゃあないと思うんだが。これを伝えると、どうにもならなかったときにフランチェスカが泣きそうだからなあ」

「レオナルド。お願い、考えを話して」

レオナルドは肩を竦めたあと、フランチェスカを庇うように歩み出た。

「俺に自分の暗殺を依頼してきたとき、侯爵は至って正気に見えた」

「な……」

グラツィアーノが困惑を見せたが、すぐに身構えて戦闘態勢に移る。

集団洗脳によって支配された娼婦の全員が、床に倒れた男たちの傍に跪いたからだ。

甘えるようにしおらしく寄り添って見せたかと思えば、彼らの上着の内側に、するりと美しい手を滑り込ませる。

その手には銃が握られていた。

すべての娼婦がこちらに向け、銃口を構えて引き金を引く。それでもレオナルドは余裕を崩さず、変わらない声音で言った。

「その予感は恐らく、外れていない」

グラツィアーノが咄嗟に手を伸ばし、フランチェスカを抱き込むように庇ってくれた瞬間に、閃光が走った。

レオナルドのスキルによって、地面が隆起して壁になる。すぐに崩れて土くれとなった塊を、レオナルドは邪魔そうに蹴飛ばしながら続けた。

「サヴィーニは自分の死を望んでいる。黒幕からの洗脳とは無関係に、心からな」

「は……？」

「ただしあくまで表面上は、誰かに殺されたという体裁が必要だった。何故だか分かるか？」

困惑するグラツィアーノはもちろんのこと、フランチェスカにも答えられなかった。レオナルドはそれを見越していたらしく、軽薄な笑みと共に言う。

「――殺されて当然のことをしていた家の、当主だから」

「!!」

再び一斉に銃声が響くも、すべてが的外れの方向に弾が撃ち込まれる。女性たちの腕に巻き付いた蔦が、その銃口を逸らしたのだ。これもまた、レオナルドのスキルだった。

「サヴィーニは自ら望んでの死ではなく、他人に殺されて終わる必要があった。それほどまでに恨まれていることを知らしめれば、気が遠くなるほど繋がりの薄い血縁者が、遺産を目当てに家を継ぐと言い出すこともなくなる――というのもあるが」

娼婦たちは呻き声を上げながら、自らの腕に絡んだ蔦を掻き毟る。レオナルドは、スキル発動の名残りである光を纏った右手を翳しつつ、グラツィアーノを振り返った。

「自分の死後、息子が家督を継ぐため連れ戻されそうになったとき。……自分の死に方が悲惨であればあるほど、息子が家の異常さに気付きやすくなり、逃げ出すための動機になる」

「……何を、言って……」

フランチェスカを背に庇ったまま、グラツィアーノが呆然とした声を出した。

（もしかして、って思ってたけど）

自然と思い出されるのは、ソフィアから聞いた『昔話』だ。

（ひょっとして、グラツィアーノのお父さんは……）

レオナルドはすぐに視線を前に戻すと、ふっと息を吐き出す。

「さて。そろそろあいつに来てもらわないと、この場の敵を全員殺すようなやり方しか残らなくなるんだが」

他人から奪ったスキルの場合も、連続使用が出来ないという時間制限がある。

レオナルドのスキルが「死んだ相手の最も強いスキルを奪う」という性質な以上、どうしても最上級の攻撃系スキルに偏るのだと以前言っていたのだ。フランチェスカは咄嗟に叫ぶ。

「あぶない、レオナルド!!」

「おっと」

蔦から逃れた娼婦たちが、再び引き金に指を掛けた。レオナルドはそちらに見向きもせず、ホールの入り口の方に目を遣る。

「噂をすれば、来たみたいだな」

「おい、無事か!?」

「……っ！」

飛び込んできたリカルドに、フランチェスカは大きく声を張った。

「ここにいる人たちは、全員味方！　リカルドお願い、状態異常回復のスキルを使って！」

「‼」

目を見開いたリカルドが、すかさずスキルを発動させる。

娼婦たちが引き金を引く直前に、ホールのあちこちで短い悲鳴が上がった。

「きゃ……っ」

がしゃがしゃと音を立てながら、銃が床に落とされてゆく。すると娼婦たちは驚いたように周囲を見回し、怯え始めるのだ。

「な……何よこれ‼　お客さまたちが倒れてる、どうして……！」

「サヴィーニ侯爵⁉　撃たれたんじゃ……」

「っ、皆さん！　逃げてください、ホールの外へ早く！」

フランチェスカがそう叫ぶと、女性たちははっとしたように駆け出した。

息を吐き、女性たちが正気に戻ったことに安堵する。リカルドの持つ全体の状態異常回復のスキルが、集団洗脳に対して有効なことは、前回の夜会で実証済みだ。

「フランチェスカ！　俺はこのまま、彼女たちの避難を手助けするぞ！」

「お願い、リカルド！」

リカルドが誘導してくれるのを心強く思いながら、女性たちを託す。

「女の人たちがすぐにまた洗脳されるってことは、ないみたい……やっぱり黒幕の使うスキルにも、連続で使えない時間制限があるんだ」

フランチェスカの言葉に頷きつつ、レオナルドがサヴィーニ侯爵を見据えた。

「他にも収穫があったな。リカルドの状態異常回復スキルでは、集団への雑な洗脳は解けても、ひとりへの頑強な洗脳には通用しない」

サヴィーニ侯爵は額を押さえ、小さな声で繰り返し呟いている。

「『誰も彼も、邪魔をする……』」

低い声での呟きに、フランチェスカは身構えた。しかし侯爵はこちらに構うことなく、そのまま独り言を続けるのだ。

「『こんなまだるっこしい真似などせず、すぐに自分の頭を撃ち抜けば良かったじゃないか』」

「……？」

「『どうして俺に抵抗した？　俺の洗脳に抗って、そうまでして何を守る』」

グラツィアーノが息を呑んだ気配もする。サヴィーニ侯爵の独り言は、誰が聞いても独白には思えない内容だ。

「誰かと、話してる……？」

フランチェスカの零した言葉を、誰も否定することはなかった。レオナルドが凍り付くようなまなざしで、サヴィーニ侯爵を見据えている。

「『今すぐ頭を撃ち抜いて死ね。勇気が無いのならば、人を雇ってでも殺してもらえ。さあほら、早く、銃口をその脳天に！』」

「……っ」

侯爵が銃を握る手は、何かに背くように震えていた。その状態で引き金が引かれた所為で、天井に向かって銃声が鳴る。

「わ……!」

何発も響く破裂音と共に、たくさんのステンドグラスが砕け散った。

硝煙の臭いと共に破片が砕け、シャンデリアを吊るした鎖にも当たる。大きく揺れたシャンデリアから火のついた蝋燭が投げ出され、離れた場所の絨毯に落ちた。

(洗脳による混乱がひどくなってる。ジェラルドおじさまが動転して、暴走したときと同じ……!)

フランチェスカは堪えかねて、侯爵の元に駆け出そうとする。引き留めるようにその肩を掴んだのは、レオナルドだ。

「レオナルド……! ごめんね、でも侯爵を止めないと」

「もう少し」

「……!?」

一体どういう意味なのだろうか。レオナルドは変わらず冷たいまなざしで、侯爵の方を見据えたままだ。

「いざとなったらあいつを殺してでも止める。だから今はもう少し耐えてくれ」

「っ、でも!」

「君が望む結末を得るためには、荒療治が必要だ」

「え……?」

フランチェスカが目を見開くと同時に、侯爵が叫んだ。

「──グラツィアーノ‼」

「！」

父からはっきりと名前を呼ばれて、グラツィアーノが目を見開く。

「何をしている。何度も言っただろう、さっさと私の傍から消えろと……！」

「……侯爵閣下……？」

小さな声音で口にしたグラツィアーノは、何かに気付き始めているようだった。

「いなくなれ。消えろ。何処かに行ってしまえ‼　ラニエーリの者は居ないのか⁉　この子供を早くつまみ出してくれ……‼」

（この様子。やっぱり変……）

銃を手にして俯いた侯爵は、全身を震わせながら叫んでいる。目元は見えず、そのこめかみからは汗が伝っていた。

（ううん。……逆なんだ）

いまの様子がおかしいのではない。恐らくはこれが侯爵にとって、何も取り繕わない姿なのだ。

（あんなに震えて。グラツィアーノを罵るのが苦しそうで、とっても嫌そうで……）

「頼むから、何処かにいなくなってくれ……‼」

ぽたりと床に伝ったのは、汗ではなくて涙だった。

「こんなろくでもない父親から。……ろくでもない家から。ろくでもない家の後継者という、犠牲者の立場から遠ざかれ……」

「……父、さ……」

「でなければ、私は……っ」

姿勢を正した侯爵が、銃を自身のこめかみに突き付ける。

涙にまみれたその顔には、とてもやさしい笑みが浮かんでいた。

「──お前を守るという約束すら、守れない父親になってしまう」

（駄目……っ）

引き金に掛けられた指が動く。

けれども次の瞬間、銃が遠くに弾き飛ばされた。

「な……」

サヴィーニ侯爵から銃を奪ったのは、グラツィアーノだ。

瞬時に父親の元へと転移をし、引き倒すように覆い被さって、怒りの滲んだ声で叫ぶ。

「いい加減にしろよ、クソ親父が……！」

「!!」

グラツィアーノは仰向けに倒れた父の胸倉を掴むと、想いを絞り出すように告げる。

「……頼むから全部、教えてください。あんたと、俺と、母さんの……」

「………」

フランチェスカは、グラツィアーノがあんなに悲しそうな声を出すのを聞いたことがない。

（それに、今のはすごく危なかったはず。グラツィアーノの身体強化スキルの効果はもう切れてて、万が一銃が暴発したり、グラツィアーノに弾が当たっていたら……！）

グラツィアーノが決死の覚悟で飛び込んだことを、侯爵も感じ取ってくれたのだろうか。

彼は静かに目を閉じると、こう言った。

「……サヴィーニ家は代々、熾烈な争いの下《もと》に後継者が決まっていたのだ。当主に取り入れば莫大な利益があることから、親族たちも様々な派閥に分かれ、日夜争っていた」

レオナルドが教えてくれたサヴィーニ家の状況からすれば、無理もない争いとも言えるだろう。

裏社会の人間と手を組み、犯罪をも厭わない形で莫大な金額を動かしていれば、それに関わる人々は手段を選ばなくなる。

「私は家に嫌気が差し、何もかも捨てて逃げようとしていた。私を救い、唯一の癒しになってくれた女性と共に」

（グラツィアーノの、お母さん……）

ソフィアが話してくれた『昔話』は、グラツィアーノにも伝えてある。

そのときは関心が無さそうな顔をしていたのに、いまのグラツィアーノはそうではなく、何かを堪えるようなまなざしで父を見据えていた。

「幸い私は長男ではなく、後継者争いからは遠い座に居たのだ。……兄たちに取り入ることの出来なかった親族が、殺し屋を雇うまでは」

「……それじゃあ……」

「あれは兄たちが殺され、私が跡継ぎになることが決まった日のことだ。――私たちの間に、お前を授かったと知った……」

侯爵たちの心情を想像して、フランチェスカは口を噤む。

「私が逃げれば、お前たちまで殺される。兄たちを狙った殺し屋は、サヴィーニ家と繋がりの深い組織の手の者だった」

「……」

「私の血を引く息子は火種になる。お前に取り入ろうとする者や、殺そうとする者……仮に生き延びられたとしても、その先に待つのは血塗られた家の当主の座だ」

侯爵は苦しそうに目を瞑り、言葉を続ける。

「私と彼女は約束をした。何があってもお腹の子供を……私たちの宝物を守ると。だからお互いにもう二度と会わず、私の子供を世間から隠し通すと誓ったのだ」

これは母を大切にしていたグラツィアーノにとって、残酷な話のはずだ。

なにしろグラツィアーノの存在こそが、ふたりの仲を引き裂いたということになる。

「それでも私は半端なもので、陰ながらお前たちの援助をしようと考えていた。そんな私の甘さを、彼女は見抜いていたのだな」

「……母さんが……？」

「彼女はラニエーリの娼館から姿を消し、何処を捜しても見付からなかった。……彼女との覚悟の差を思い知り、私は自分を恥じたよ」

父親の胸倉を掴んだグラツィアーノの手から、ゆっくりと力が抜けてゆく。

「グラツィアーノ。私たちの息子」

「……やめろ」

「随分と、大きくなった。私の身長も、とうに追い抜いていたのか……」

「やめろ……‼」

グラツィアーノが目を瞑り、その両耳を塞ぐように押さえる。サヴィーニ侯爵はふっと息を吐き、申し訳なさそうに笑った。

「子供の頃、俺があなたを見付けたとき。……あなたは俺を罵って、追い払おうとした……」

「……その通りだ。私を憎み、私に怯えて、二度と近付くまいと感じてくれれば、それでいい」

「必要以上の大声だった。あなたは周りにそれを聞かせ、万が一にも息子を引き取るつもりなど無い外道の父親だと、そう振る舞ったのか？」

「…………」

「この森で再会してからも。何度も、過剰なくらいに」

フランチェスカも思い当たり、ぎゅっと眉根を寄せる。

（サヴィーニ侯爵のグラツィアーノへの態度は、確かに行き過ぎだった。あんなに過敏になっていたら、誰だって深い関係性があるってわかってしまうのに）

その目的は、父子《おやこ》であることを隠すためではなかった。

周囲に対し、息子を本気で疎む父親であることを見せ付けるためだったのだろう。

「私の振る舞いで、傷付いただろう」

その声には、確かな寂しさが滲んでいる。

「どうか私を、憎んでくれ。……嫌ってくれ。そして、近付かないでくれ」

「やめろって、言って……っ」

「本当に、やさしい子だな」

侯爵はゆっくり手を伸ばすと、グラツィアーノの胸元に輝くブローチに触れた。

「やはりお前を、サヴィーニ家の後継者になどしなくて良かった……」

「……！」

その触れ方を見たグラツィアーノの目が、はっと見開かれる。

「……カルヴィーノ家の養子になるのも、反対だ。婿としての盤石な立場を与えられるならともかく、彼女に似てやさしいはずのお前が、裏社会の当主になど」

「あなたは……」

「などと今更、父親ぶったことを言う資格すら無い、な。……それに、こうなれば後は簡単だ……」

「……？」

サヴィーニ侯爵の手がブローチから離れ、彼自身の上着の内側に滑り込んだ。その瞬間、フランチェスカの背筋にも嫌な予感が走る。

侯爵が手にしていたのは、小型の隠し銃だ。

「――『息子が死ねばお前も死ぬだろう？　サヴィーニ』」

「父さ……っ」

「グラツィアーノ‼」

瞳の色が変わったサヴィーニ侯爵が、グラツィアーノの左胸に銃を突き付ける。レオナルドの小さな舌打ちが聞こえ、侯爵を殺すための、何らかのスキルを発動させようとしたのが分かった。

けれどもレオナルドは何かを見て、そのスキルの発動を止める。

「――――っ‼」

響いたのは、呆気ないほどに軽い銃声だ。

グラツィアーノの体が後ろに倒れ、どさりと音を立てる。その光景を目の当たりにして、フランチェスカは声を上げた。

「サヴィーニ侯爵……！」

グラツィアーノが声を震わせる。

「っ、なんで……」

赤い血が流れ始めたのは、グラツィアーノの心臓からではない。

銃声の瞬間に身を翻し、息子を突き飛ばして、無理やり銃を抱き込んだサヴィーニ侯爵の肩口からだった。

「私の、体で。……これ以上息子のことを、傷付けるな」

一発しか弾の込められない小型銃が、瑠璃色の絨毯の上に落ちる。銃弾は侯爵の肩を貫通し、天井のシャンデリアに当たって大きく揺らした。

「……忌々しい、クレスターニ家……！」

「父さん!!」

それを耳にしたレオナルドが、静かに目を伏せる。

「……『クレスターニ』……」

フランチェスカの肩を抱き寄せるレオナルドの手から、僅かに力が抜けた。

フランチェスカはそれと同時に、グラツィアーノたちの方に駆け出す。

「父さん！　くそっ、なんで……！」

（左肩。心臓に近い位置の傷……！）

前世の知識からも知っていた。そこを撃たれると出血も多く、致命傷になり得るのだ。

けれどもフランチェスカが走る理由は、それだけではない。

「グラツィアーノ！　気を付けて、上のシャンデリアが落ちる!!」

「！」

シャンデリアを支えている鎖には、銃弾が当たっている。輪の欠けた鎖がシャンデリアの重みにより、歪みながら広がり始めているのだ。

（すぐに下から逃げないと。でもいま侯爵を下手に動かすと、出血が……）

それと同時にレオナルドが声を張り、廊下で正気に戻った娼婦たちを避難させていたリカルドに告げる。

「リカルド。ラニエーリの別荘に娼館お抱えの治癒スキル持ちがいるはずだ、呼んでくれ」

「分かった！　アルディーニ、任せたぞ！」

グラツィアーノがぐっと顔を顰め、侯爵の傷口を圧迫して押さえる。心臓の鼓動に合わせて溢れ出す血が、瑠璃色の絨毯をどくどくと色濃く染めていった。

「そんな顔を、するな。……裏社会で生きている人間に、そのやさしさは命取りではない、のか」

「もういいから喋るなよ、クソ親父……！」

「私の言葉を、そう簡単に信じるものでも、ない。……お前を利用するつもりで、情を引こうとしているのではないかと、警戒するべきだ」

「黙れって……!!」

グラツィアーノたちの元に駆けながら、フランチェスカは実感する。

（レオナルドが私に嘘をついて、サヴィーニ侯爵の本心を隠そうとした理由。本当は愛情があるって分かった上で、それでも侯爵を助けるのに失敗したときに、グラツィアーノや私のショックが大きいからだ）

侯爵がこうやって悪党ぶる理由も、同じようにグラツィアーノのためなのだろう。

グラツィアーノは父親の傷口を必死に手で圧迫しながら、懸命に言葉を絞り出す。

「俺は、自分が本当は父親に愛されていただとか、そんな実感が湧いた訳じゃない。ただ、あなたが母さんを愛していたのは本当だ」

「は……何を、根拠に」

「あなたに変装するために奪った、このブローチ」

グラツィアーノの胸元に着けられた瑠璃色のブローチは、父から散った血で赤く汚れていた。

「母さんから、父さんと揃いで持っていたものだって聞いた。俺のために売った、それでも母さんの宝物だった。あなたがそれと同じものを着けているのは、当たり前で……だけど、そうじゃない」

グラツィアーノが、掠れた声で言葉にする。

「ラピスラズリが欠けているのは、ガキの頃の俺が傷付けたからだ。……あなたがずっと身に着けていたのは、自分が元々持っていた方じゃなく、母さんの……」

（……侯爵が、ブローチを探して買い戻したの……⁉）

グラツィアーノが引き取られたあと、カルヴィーノ家でもそのブローチを探したことがある。

母との大事な思い出の品を、グラツィアーノに取り戻すためだった。探したことをグラツィアーノに言わなかったのは、見付からなかったときの落胆を思ってのことだ。

（貧民街で売られたブローチは、裏社会の住人であるうちの家が探しても見付からなかった。犯罪者と繋がりがあったとはいえ、サヴィーニ家が探すのはもっと大変だったはず）

けれども侯爵はそれを見付け出し、ずっと肌身離さずに着けていたのだ。

「……やはりブローチが欠けていたのは、小さなお前が付けた傷だったか」

「……っ」

「そんなことを想像しては、愛おしいと思い何度も撫でた。……それがお前の胸元に輝いているのを見るのは、不可思議な、心地だ……」

サヴィーニ侯爵の震える手が、グラツィアーノの頬に触れる。

「怒ったときの泣きそうな顔も、彼女によく似ているな」

「……何を」

「あのとき。幼いお前が私の息子だと気付いたのは、決して私に似ていたからではない」

グラツィアーノの頬に血が付いたのは、侯爵の手も血に塗れているからだ。

「お前の面差しや表情に。そのやさしさに、彼女の面影が残っている」

「グラツィアーノ！」

辿り着いたフランチェスカが、グラツィアーノの背中へ必死に手を伸ばす。

「私たちの、宝物」

鎖が軋んだ音を立て、シャンデリアが傾いた。それによって重心の位置が変わり、歪みがいよいよ大きくなる。

「……私は、お前たちに出会えて幸せだった……」

「――っ」

フランチェスカの指先が、グラツィアーノに触れた。

（スキル発動。強化、グラツィアーノの転移スキル）

光が走り、それがグラツィアーノの周りを取り囲む。

「グラツィアーノ！　止血の体勢のまま、お父さんと一緒に転移して!!」

「!!」

フランチェスカの言葉に対し、グラツィアーノの反応は速かった。

恐らくは殆ど反射的に、『フランチェスカに従う』という行動原理が働いたのだ。光と共に彼らが消え、その瞬間、真上からシャンデリアの鎖がぶつりと切れる音がした。

「お嬢!!」

ホールの端に転移したグラツィアーノが声を上げる。けれどもフランチェスカには、恐怖心などまったく無かった。

レオナルドがフランチェスカを追い、守るために動いてくれていると知っていたからだ。

「レオナルド、お願い！」

「──当然だ」

レオナルドが走りながらシャンデリアに手を翳し、スキルを発動させる。その瞬間に吹き荒れた凄まじい風が、頭上のシャンデリアを吹き飛ばした。

「わ……っ!!」

フランチェスカも風に煽られ、バランスを崩して倒れそうになる。

割れたステンドグラスの破片が、転ぶ先の床で星のように瞬いた。怪我を覚悟で受け身を取ろうとするものの、転ぶ前に強く抱き締められる。

「ありがとう、レオナルド……！」

「君の望みを叶えるためなら、なんでもする」

フランチェスカを大事そうに腕へと閉じ込めたレオナルドは、静かな声で囁いた。その想いを確かに感じ、フランチェスカは頷く。

「私の守りたいものを守るって、そう思ってくれてるんだよね。だからサヴィーニ侯爵とグラツィアーノに対しても、わざと『荒療治』って……」

「……あそこまで死にかけるのは想定外だけどな。洗脳された人間から信用できる言葉を絞り出すには、恐らく、極限まで追い詰めるしかない」

リカルドがホールの中に駆け込んで、医者らしき人を誘導してくれている。グラツィアーノはそれを待ちながら、歯痒そうに顔を歪めた。

「幸せだった、って」

先ほど父に告げられた言葉を、グラツィアーノが繰り返す。

「……それは母さんの遺した言葉だ。何も知らないガキだった俺があなたに伝えたくて、伝えられなかった言葉」

（グラツィアーノ……）

「あなたがそれを、最期の言葉として口になんかするな」

「すまなかっ、た」

侯爵がほとんどうわ言のように、グラツィアーノへの謝罪を述べる。

「すまなかった。グラツィアーノ」

「……もういい」

「もっとやり方が、あったのだろうか。私は」

「もういいって言ってんだろ。十分に、分かったから」

医者にその場所を代わりながら、グラツィアーノはぽつりと呟く。

「……俺が母さんに似てるなんて言われたこと、あなた以外には一度もない……」

「グラツィアーノ！」

床に座り込んだグラツィアーノを、フランチェスカは後ろからぎゅっと抱き締めた。

「大丈夫だよ。見て、お医者さんのスキルで傷が塞がってる。きっと治る……！」

「……お嬢」

「大丈夫」

よしよしと頭を撫でながら、初めて会ったときのように『大丈夫』と言い聞かせる。

「侯爵がグラツィアーノを守ったように、グラツィアーノも侯爵を守ったんだよ。──死なないって信じて大丈夫、きっと元気になってくれる……」

「……っ」

グラツィアーノは息を吐くと、フランチェスカのことを振り返る。

「！」

その上で、ぐっとフランチェスカを抱き締めた。

「ありがとうございます。お嬢」

そう言ってすぐに離れたグラツィアーノから、途方に暮れた子供のような雰囲気は消えている。

（……あ）

グラツィアーノはフランチェスカを見て、とてもやさしい笑みを浮かべた。

恐らくはこんな表情が侯爵の言う、彼の母とよく似た面差しなのではないだろうか。グラツィアーノはそれからすぐに冷静な表情で、父の治療をする医者に声を掛けた。

「──先生。何か手伝えることはありますか？」

「ああ、ありがとう。撃たれたときの状況を教えてくれ、銃弾は中に残っているか分かるか？」

「いえ。それは貫通して……」

血だらけのグラツィアーノに抱き締められたので、フランチェスカもあちこち赤く汚れた。

「大丈夫です。出血はひどいですが、助かりますよ」

「……よかった……」

フランチェスカが息を吐き出すと、レオナルドがこちらに手を伸ばし、頬についた血を指で拭ってくれる。

「……侯爵はきっと、サヴィーニ家が黒幕に切り捨てられそうなことを察していたんだね。だからきっと、グラツィアーノに影響が及ばない形で侯爵家を終わらせるために、死ぬまでの期間で準備をしてた」

「そうだろうな。自分の暗殺を依頼するほどに覚悟しておきながら、黒幕からの『死ね』という洗脳に抗って今日まで生きてきたのは、その準備のためだったんだろう」

「侯爵が死んだあと、侯爵家が繁栄しないように。グラツィアーノが探し出されて後継者にされたり、その逆で殺されないように……」

この夜会を催したのも、その準備の一環だったのだろうか。

「この夜は、サヴィーニ家の主要な取引先が集まっての会だった。ここで侯爵が殺されれば、誰もが自分への被害を恐れ、関わりを避けることになるだろうな」

「みんなの前で殺されること。なおかつ暗殺っていう形で死ぬことが、サヴィーニ家を崩壊させてグラツィアーノを遠ざけられる方法だって考えたんだね……」

ゲームのシナリオで、侯爵が誰に殺されたのかは描かれなかった。

けれども恐らく真相は、ゲームの侯爵は自分の依頼した殺し屋に暗殺されたか、黒幕による洗脳で自らを撃ったということになるのだろう。

「侯爵は、洗脳や暗殺から逃げられるかな？」

「真相が分かった以上、あとはルカさまがなんとしても守るだろ。あの人にとって国民は、みんな子供であり孫らしいからな」

「確かに！　それなら安心だね」

レオナルドの言葉を聞いて、ようやく心からほっとする。

「よかった。……ちゃんと変えられて、守ることが出来た……」

「……それにしても」

レオナルドはフランチェスカの頬を綺麗にし終えると、今度は先ほどよりも強くぎゅっと抱き寄せてくる。

「俺の前で君を抱き締めるとは。あの番犬、いい度胸をしているな」

「レオナルド」

「一言で恋敵と呼べるなら、まだ対処が楽なんだが。『弟』なんていう立ち位置はどうしようもない」

「んん？　なんの話？」

あまり呑み込めずに聞き返すと、顔を上げたレオナルドがフランチェスカに顔を近付ける。

「空気を読んで我慢したから、俺のことを良い子だと褒めてくれ」

「が、我慢はよく分からないけど……」

フランチェスカは手を伸ばし、レオナルドのこともよしよしと撫でた。自分でねだっておきながら、レオナルドは目を丸くする。

「あとでいっぱい『良い子』って言うね。とりあえず今は、この場の後処理を頑張ろう？」

レオナルドは幸せそうに笑い、フランチェスカの手に頬を擦り寄せた。

「──そうだな」

こうしてそこからは駆け付けたソフィアたちと共に、倒れている人々や怪我人の救助に当たったのである。

グラツィアーノの止血などの応急処置が功を奏し、サヴィーニ侯爵が無事に持ち直したのを聞いて大喜びしたのは、日付が変わる前の頃合いだった。

エピローグ

「――俺にとってのお嬢はね。唯一無二で、特別なんです」

グラツィアーノにそう言われて、麦わら帽子を被ったフランチェスカは瞬きをした。

蝉時雨の降る森の中には、今日も強い陽射しが差し込んでいる。湖から吹く風が木々を揺らし、地面に木漏れ日が瞬く様子は、まるで水面を思わせた。

暗殺未遂のあった夜会から三日が経つ。今日は、フランチェスカたちがラニエーリ家管轄の森から去る日だ。

グラツィアーノが思わぬ発言をしたのは、各家の構成員や使用人が帰り支度に追われている昼前のことだった。

「ど、どうしたの？　グラツィアーノ。いきなりそんなこと言うなんて」

グラツィアーノの手には、着替えが詰まったフランチェスカの鞄がある。彼はお世話係としての仕事を果たしつつ、何気ないことを言うかのように告げたのだ。

「いきなりって訳じゃないですけど。そういえば改めてそう話したこと、あんま無かったなと思い出して」

「だからって荷物運びの途中に⁉　私にとってもグラツィアーノは、掛け替えない唯一無二の弟だよ！」

驚きつつもそう返すと、グラツィアーノはわずかに目を丸くしたあとで笑った。

「……あの人から手紙が来たんです。当主にも同じ内容が行ってるそうなんで、お嬢には俺から話しておきたくて」

「サヴィーニ侯爵から、だよね？」

馬車を停めてある場所に向かい、森の中をグラツィアーノとふたりで歩いて行く。少し離れた場所にある馬車の周りでは、他の構成員たちが荷物を詰め込んでいた。

「もしかして！　グラツィアーノ、お父さんのところに行っちゃうの？」

思い至り、フランチェスカは顔を歪めた。くちびるをむにむにと噤んで顔を顰めると、振り返ったグラツィアーノが「うわ」と呟く。

「なんでそんな顔するんです？　というか一体どんな感情ですか、それ」

「グラツィアーノよかったねの気持ちと、いなくなったらさみしいの気持ち。どちらかというと、さみしいの方が大きい感じ……」

「ぷっ、はは！」

グラツィアーノが声を上げて笑うのは珍しい。そんなに変な顔をしていたのだろうかと思いつつ、フランチェスカは自分の頬を触った。

「その顔見れて良かったです。そもそも別に、俺がサヴィーニ家に行くって話じゃないんで」

「そうなの？　よ、よかったあ……！」

「――あの人は、サヴィーニ家を解体するそうですよ」

フランチェスカが瞬きをすると、グラツィアーノは続けて教えてくれる。

「サヴィーニ家がこれまで行ってきたことを陛下に伝えてから、爵位を返上するんですって。貿易事業の権利もほとんどを売却して、親族たちにとっての旨みを消すらしいです」

「……そっか」

ひょっとするとサヴィーニ侯爵は、元々それを計画していたのかもしれない。

一族の罪を告白し、爵位と共に事業を手放すことで、自分の死後もグラツィアーノの安全を保てるようにしたのではないだろうか。

（死ぬための夜会が今だったのは、そんな準備も必要だったからなのかも。それが終わるまで殺されないように、洗脳にも抵抗してきたんじゃないかなあ……）

グラツィアーノも分かっているだろうから、敢えて口には出さないでおく。たくさんの荷物を持ってくれているグラツィアーノは、重さなどなんの苦にもなっていないようだ。

「それがなくとも。俺はこの先ずっと、カルヴィーノ家にいます」

「グラツィアーノ……」

「俺が当主になるかはお嬢次第ですけど。どっちにしても貿易のことは勉強しなきゃいけないんで、あの人から色々教わろうかなとは思います。……それから、母のことも」

「……うん！」

未来を見詰めるその言葉に、フランチェスカは心底から安堵した。

「グラツィアーノが自分のために、思う通りの未来を歩めるのがいいなあ。お父さんのことを少しでも知ることが出来て、本当によかった……」

こちらを振り返ったグラツィアーノが、フランチェスカを見て目を細める。

「お嬢、本当に嬉しそうな顔してくれますよね」

「そりゃそうだよ、嬉しいもの。グラツィアーノは私の弟分なんだし」

「弟……」

「ん？」

首を傾げると、グラツィアーノは笑って言う。

「いーえ何も。ともかく俺が言いたかったのは、お嬢は俺にとって特別なので。泣かせる奴が居たら殺すっていうことだけです」

「そんな人いないと思うけどなあ……」

「いますよ。アルディーニとか」

どうしてそこでレオナルドが出てくるのだろうか。フランチェスカが心底不思議に思えば、グラツィアーノは真っ直ぐにこう言った。

「俺はあんたの弟なんでしょ？　――だから姉貴は守ります。そのことは、あいつに伝えておいてもらえますか」

「ううーん。グラツィアーノがいま考えてることは、やっぱりよく分からないけど……」

けたたましく蝉の鳴く中で、フランチェスカは麦わら帽子を脱ぐ。

こめかみに汗を滲ませているグラツィアーノの頭に、日除けのためにぽんと置いた。

「私だってこれからも、グラツィアーノを守るよ。お姉ちゃんだからね」

「…………！」

目を見開いたグラツィアーノが、やがて静かに微笑んだ。

「もう十分に守られてますよ。——あんたのお陰で、俺は生きてる」

小さな声は、わざと蝉時雨で消えるように紡がれたもののようだ。

「グラツィアーノ、いまなんて言ったの？」

「なんにも言ってませんよ、気の所為じゃないです？」

そんなやりとりをしながらも、フランチェスカたちは馬車に着き、荷物の積み上げを手伝うのだった。

＊＊＊

出発の間際、姿が見えなかったレオナルドを探しに来たフランチェスカは、湖のほとりに寝そべっている彼をようやく見付けた。

「レオナルド、まだこんな所に居た！」

「……フランチェスカ」

レオナルドが居ないということで、アルディーニの構成員たちが困っていたのだ。なんとなく人目に付かないところで休んでいる気がして、フランチェスカがこの湖までやってきた。

レオナルドが横たわっているのは、白い野花の咲く草の上である。

上着を脱いでシャツの袖をまくり、ちょうど木陰になる位置へ仰向けになっていた。レオナルドが寛いでいる姿は、無防備に見えるのに隙がない。

フランチェスカがひょいっとその顔を覗き込むと、彼は眩しそうに目を眇めた。

「君、帽子は？」

「グラツィアーノにあげちゃった」

「ふーん……」

その手が伸びてきて引き寄せられ、陽射しの当たらない木陰に座らせてくれる。

フランチェスカはそのお返しに、レオナルドの額に触れて熱を測った。

「レオナルド、やっぱり具合悪い？」

「はは。まだその心配をしてくれているのか」

フランチェスカがしょげた顔をすると、レオナルドはそれを見て嬉しそうに笑う。けれどもこちらは、先日の夜会で何度もスキルを使わせたことが、やはりどうしても心配なのだ。

(使い過ぎの反動がどのくらいでくるのかも、具体的に聞く訳にもいかないし。いつ私が洗脳されて、レオナルドの敵になるか分からないもんね)

触れた限り発熱はなさそうだし、顔色も悪くない。だとしたら体調が悪いのではなく、本当にただ休んでいただけなのだろうか。

「ひょっとしてレオナルド、まだ帰りたくないのかな。……なーんて」

「……」

冗談でそう言ってみたところ、レオナルドが思いのほか真面目に見詰めてきた。

「え。まさか本当に？」

「そりゃあ王都に戻ったら、君と別々の家に帰ることになるからな」

レオナルドはわざと軽薄に笑ってみせる。

「夏休みが終わるまでは、君に会えない」

「…………」

この発言が冗談なのか本音なのかは、見極めが難しそうな問題だ。何しろこの森に滞在していた約二週間ほど、ラニエーリ家から提供された別荘にみんなで寝泊まりをしていたのである。

そしてフランチェスカは、レオナルドが案外さびしがり屋だということを知っていた。

「私もさびしいよ。レオナルドは戻ったらきっと、たくさんお仕事あるんだろうしね」

そう返すと、レオナルドは少し満足そうに笑う。

「サヴィーニ家が事業売却なんて言い始めているらしいからな。ラニエーリの総取りでも良いんだが、信条に沿わない商売には手を出さないだろう」

「……イザベラさん。ソフィアさんに抱き締められて、泣いてたよね」

「彼女は数年前、ぼろぼろのところをソフィアに拾われたらしい。恐らくは子供の頃から殺し屋として利用されていたところを、逃げ出して足を洗った後だったんだ」

イザベラのことを思い出し、フランチェスカは項垂れた。

たとえ一度は敵対したとはいえ、洗脳されて銃を握らされた彼女のことを、責めるような気持ちになれはしない。

「ソフィアさんにも、いっぱい謝られちゃったなあ……」

フランチェスカはそう呟いて、レオナルドの隣にぽすんと寝転がった。

ふわりと花の香りがして、湖からの風が心地良い。レオナルドが手を伸ばし、フランチェスカの頭を撫でてくれる。

あの夜会の後、ソフィアはフランチェスカたちに謝罪を述べたあと、すぐに王都に向かったそうだ。

この森で起きた数々の出来事について、フランチェスカの父にも説明と謝罪をするためだという。

ソフィアは出発する最後まで、『本当にごめんね』と誠実に重ねてくれた。

「だけど」

フランチェスカは目を細め、ぽつりと呟く。

「ソフィアさんに防げないのはどうしようもないよ。洗脳されていたイザベラさんだけでなく、サヴィーニ侯爵自身も黒幕側だった」

「ああ。そうだな」

「侯爵がお客さんだって紹介すれば、それがサヴィーニ侯爵を狙おうとした殺し屋であっても拒めない……そんなこと、想像もしないだろうし」

もっともフランチェスカを襲った面々は、黒幕側がレオナルドを意識して差し向けたもので間違いないはずだ。

（私がレオナルドの弱みになるって、とっくに気付かれてしまってる）

しかし、それを負い目に思い続けても好転はしない。

（もっと強く、上手に立ち回って進むんだ。私が主人公である以上、ゲームのストーリーから逃げられない……逃げる訳にもいかない。絶対に、平穏な暮らしを手に入れるんだから）

そう思い、頭を撫でてくれる友人を見詰める。

（大事な友達と笑い合って、みんなで幸せに生きていく未来。――何よりも大切で憧れている、そんな『普通』の世界を掴むの）

そんな決意を新たにして、体を起こす。

「さあ、そろそろ行こうレオナルド。みんなが待ってるよ」

「……いやだ。帰りたくない」

「ふふ。駄々っ子みたいなこと言ってる……」

思わずくすっと笑ってしまった。誰もに恐れられるアルディーニ家の当主が、もっとここに居たいと我が儘を言っているのだ。

「さあさあ行きますよー、レオナルドくんー。起きてくださーい」

「それならフランチェスカも俺の屋敷に帰ろう。婚約者なんだから問題ない、そうだろう？」

「あるよ！　それとパパがそろそろ限界だと思うの。自分の出張があるときも、絶対に二週間以内で帰って来ようとするし」

両手を掴んで引っ張るふりをしつつ、レオナルドを促した。それでもなんだか動く気配がないので、フランチェスカはううんと考える。

「そういえば、あのとき約束した『良い子』がまだだったね。撫でたら帰る？」

「…………」

眩しいものを見詰めるまなざしが、フランチェスカを見据えた。レオナルドはそれから、柔らかな声でこう紡ぐのだ。


「――――キスしてくれ」

「へ」


まったく予期していなかった懇願に、ぽかんとする。

（いま、キスしてくれって言った？）

冗談みたいなお願い事だが、まったく冗談には聞こえなかった。寝転がったままこちらを見上げるレオナルドの表情に、いつもの笑みは浮かんでいない。

「だめ？」

「だめ、というか」

どういうことなのかが分からなくて、フランチェスカははくはくと口を開閉させる。じっと観察されているのだが、そんなことに反応してはいられない。

（……もしかして、親愛のやつ⁉）

頬などに挨拶でキスする光景を、前世で何度か見たことはある。けれども転生先であるこのゲーム世界に、挨拶で口付ける習慣は無いはずだった。

（それとも私が知らないだけで、社交界には存在してたとか⁉　さらに私が知らないだけで、友達同士でのキスはあるのかも。私が！　友達を‼　知らないだけで……‼）

何よりもレオナルドのお願いだ。叶えてあげたい気持ちはあるのだが、いかんせん壁が高すぎる。

「キスって、くちびるでするあのキスだよね……？」

「ははっ。そうだな」

「ううう……‼」

念の為確認してみたところ、あっさり肯定されてますます焦った。

寝転んでくったりと体の力を抜いているレオナルドは、妙な色気を帯びている。薄いくちびるは綺麗な形をしており、芸術品のように美しいと思うのだが、それに口付けられるかは別問題だ。

（さすがに、このくちびるにキスをするのは――……）

決して嫌悪感がある訳ではない。

しかしなんだかそれこそが、気軽にキスの出来ない最大の要因であるような気がした。フランチェスカがぐるぐると葛藤していると、やがてレオナルドがふっと笑う。

「冗談だよ。フランチェスカ」

「！」

安心させるようなその声音は、とてもやさしいものだった。

「君の困った顔が見たかったんだ。こんな悪い男の悪戯に、まんまと引っ掛かる必要はない」

「……レオナルド」

「俺のために真剣に悩んでくれる。ただそれだけで、十分だ」

そう言って体を起こしたレオナルドが、大きく自由に伸びをした。

「行こうか、フランチェスカ。君としばらく会えない日々を耐えて、また学院で……」

「っ、待って！」

手を伸ばし、レオナルドの首元で緩んだネクタイを掴んで引く。

「────……」


意を決して口付けた先は、フランチェスカの手で前髪を掻き上げた、レオナルドの額だ。

ちゅっと小さな音を立て、すぐに離したつもりなのだが、思いの外恥ずかしくて頬が熱くなる。

「っ、おまじない……！　さびしくないようにと、それから」

「……フランチェスカ」

「レオナルドの熱が、出ませんようにって────……わあ!!」

ぐっと強引に抱き寄せられて、フランチェスカは声を上げた。

こうしてレオナルドに抱き締められるのは、もう何度目のことだろうか。そろそろ慣れてきてもいいはずなのだが、いまは心臓の鼓動が速い。

「……もう一回」

「⁉」

更なる懇願にびっくりして、フランチェスカは目をまん丸くした。

いつものように悪戯っぽい声音であれば、冗談だと判断していたかもしれない。けれどレオナルドの振る舞いは、決して見なかったことに出来ないような切実さを帯びている。

レオナルドがフランチェスカの首筋に、甘えるように額を擦り付けた。

こんなに人懐っこく振る舞うくせ、本当に欲しいもののねだり方をあまり知らない、そんな子供のようでもある。

「……っ」

勇気を出し、今度は彼のこめかみに口付けた。レオナルドがふっと小さく息を吐くと、それがフランチェスカの鎖骨の辺りに触れてくすぐったい。

レオナルドは顔を上げないまま、さらにこう続けるのだ。

「……フランチェスカ……」

（まだ、おねだりされてる……‼）

それがはっきり分かる呼び方をされても、フランチェスカの限界は近かった。そもそも額などへ

のキスだって、今世の父にすらしたことはない。

「も、もうだめ……」

ずっしりと体重を掛けるように抱き込まれているため、絶対に痛くない強さでぺちぺちとレオナルドのことを叩く。これは拒絶ではなく、降参の合図だ。

「レオナルド！」

「……ん」

物分かりの良いふりをしたレオナルドは、それでいてますますフランチェスカのことを強く抱き締めるのだった。

「分かっている。嫌だよな」

「そうじゃなくて！」

レオナルドに誤解されないよう、はっきりとした言葉選びで断言する。

「……ものすっごく、恥ずかしいの……！」

「…………」

嫌ではないのだということだけは伝えたい。その意図が伝わったのか、レオナルドが驚いたような気配がした。

彼はフランチェスカから少し身を離し、顔を見下ろしてくる。そうかと思えば目を眇め、無垢な子供のような無表情で、フランチェスカをじっと見つめた。

「……赤くなっている」

「だから、恥ずかしいんだってば！」

本当に顔から火が出そうだ。するとレオナルドの美しい指が、火照った耳へと確かめるように触れる。

「俺の所為？」

「っ、う。……そうだよ、レオナルドの所為……」

真っ赤になったまま恨みがましく見上げたら、レオナルドはなんだか幸せそうに笑った。

「――俺の可愛い、フランチェスカ」

「わ……！」

そう言って身を屈め、同じようにフランチェスカの頬へとキスをくれる。

その上でもう一度、フランチェスカのことを抱き締めるのだ。

「君も案外、嘘つきだな」

「れ、レオナルド……？」

「『俺の望みは叶えない』と。そうやって、はっきり言ったことがあっただろう？」

そう尋ねられて思い出す。出会ったばかりの頃、フランチェスカは学院で言い放ったのだ。

『私はたぶん、あなたの願いをひとつも叶えないよ。――そのことは、ちゃんと覚えていて』

あのときは、レオナルドに利用されることばかりを警戒していた。だから伝えた言葉なのだが、レオナルドはそれを覚えていたらしい。

「けれどもそれは大きな嘘だ。……君はずっと、俺の願いを叶え続けてくれている」

「…………」

そのことがレオナルドにとってどんな意味を持つのか、フランチェスカには分からない。

けれどもいまは間違いなく、願いを叶えてあげたいと感じていた。自分よりずっと背の高いレオナルドの頭を撫でながら、フランチェスカは尋ねる。

「さびしく、なくなった？」

そうであればいいのにと、心から願う問い掛けだ。

柔らかな黒髪に触れていると、なんだかとても落ち着いた。頬は相変わらず熱いのだが、こうしていること自体は心地が良い。

とはいえフランチェスカが名残惜しくなってしまうのは、少々まずいような気がしていた。現にフランチェスカに甘えるレオナルドは、こうして我が儘を言ってみせる。

「……もっと離れがたくなって、さびしくなった」

「わああ、話が違う……！」

「…………」

そんなことを嘆きながらも、しばらくの間レオナルドのことをあやし続けるのだ。

フランチェスカを抱き締めたレオナルドが、目を伏せて何か考えているということに、このときはまるで気が付いていなかった。

＊＊＊

ラニエーリ家の女当主であるソフィア・パトリツィア・ラニエーリは、王都にある自身の屋敷でペンを走らせていた。

「――という訳でね。なかなか興味深いお嬢さんだったよ」

執務机の向かいにいる青年にそう話しつつ、必要な書類へのサインを進めてゆく。

「アルディーニが気に入るのも分かるかもしれない。もっと一緒に過ごしてみたかったけれど、今はこのくらいにしておかないとね。忙しくもなる」

今回の一件でラニエーリ家が買収することになったそれぞれの事業は、やり方次第でもっと美しく、大きく成長させられるはずだ。

「なんでもいいけどよ。あの森でここまでの騒動を起こさせて、信用問題に発展するんじゃねーのか？」

「サヴィーニ侯爵がすべて被ってくれたさ。誰がどう見てもうちは利用され、巻き込まれた被害者だ」

ソフィアは最後の確認を終えると、ペンの先を拭って机に置いた。

「アルディーニ辺りは、怪しんでいるかもしれないけれどね」

「は。ラニエーリ家の女当主がこんな無能ぶりを発揮したんじゃあ、わざと問題を放置したように見えてもおかしくねーだろうな」

彼の生意気な口ぶりに笑いながら、煙草に火をつけて味わう。

「あんた、あのお嬢さんに学院で会うことはあるのかい？」

「トロヴァートに？　いいや」

「そう。それじゃあ新学期、接触するようによろしく頼んだよ」

「はあ？」

あからさまに不機嫌な返事をされるが、反抗を許すつもりはない。

ソフィアと同じ褐色の肌に、ミモザのような金色の髪を持つこの十七歳は、背丈こそ伸びて立派になった。

精悍で涼しげな顔立ちには、常に険しい表情を浮かべている。不機嫌そうに眉間へと皺を寄せ、口調も乱暴なこの振る舞いは、見る人間によっては恐ろしくも感じるだろう。

けれどもソフィアからしてみれば、彼はまだまだ青二才だ。

「当主の言うことが聞けないのかい？　ダヴィード坊や」

「うるせーな。この、横暴姉貴」

ソフィアの弟であるダヴィードは、ソファァーで脚を組んでこちらを睨んだ。

「俺はやりたいようにやらせてもらう。アルディーニの婚約者だろうと、知ったことじゃねえ」

（さて）

椅子の肘掛けに頬杖をつき、口紅を塗ったくちびるでソフィアは微笑む。

（これからが、実に楽しみじゃあないか）

特別書き下ろし番外編

魔法を掛けて、愛しい人

AKUTOVIKKA NO MANAMUSUME,
TENSEISAKI MO OTOMEGAME NO
GOKUDOUREIJOU DESHITA.

レオナルドにとって『学院』とは、便利な舞台のひとつでしかなかった。

授業で習うことなど頭に入っているし、教師から学べることも何も無い。

学院に通うのは『学生』という身分の隠れ蓑を得るためであり、ここを利用しないと築きにくい交友関係や、社交の糸口を掴む程度のものだ。

およそ一年前に入学してからも、顔を出したのは数えるほどしかない。それほどレオナルドにとって、学び舎とは空虚なものだった。

だから、自分がまさかこんなに待ち遠しい心境で教室に向かう日がくるなんて、思ってもみなかったのだ。

（……蝉の声がうるさいのに、静かに感じるな）

夏休み中の学院に、人の気配はほとんど無い。遠方から来て寮に住んでいる生徒たちも、長期休暇は家に帰って過ごしているものだ。

（まさか俺が夏休みの最中に、わざわざ学院に足を運びたくなるとは）

そんな風に自嘲しつつ、教室まで続く廊下を歩く。

（さて、情報が確かであれば……）

扉が開け放たれているのを見付けて、レオナルドは口元を綻ばせた。

風に泳ぐカーテンの前には、夏の制服に身を包んだ女子生徒が立っている。赤薔薇のような美しい色の髪を靡かせて空を見ていた彼女は、こちらを振り返って目を丸くした。

その上で、レオナルドの名前を呼んでくれる。

「レオナルド！」

「久し振り。俺の大事なフランチェスカ」

二週間ぶりに会う婚約者は、今日も相変わらず愛おしかった。

ラニエーリ家の森で起きた暗殺騒動を解決してから、ずっとフランチェスカの顔を見ることが出来なかったのだ。多忙の理由のひとつには彼女を守るために必要な要件もあり、仕方がなかった期間ではあるものの、心から会いたくてたまらなかった。

「どうしたの？　夏休みなのに学院に来るなんて。というかレオナルド制服じゃなくて、お仕事用っぽいスーツ着てる！」

「ちょうど予定が空いたんだ。君に会えないか考えていたら、『たまたま』噂を耳にして」

「たまたま……？」

もちろん積極的に情報収集しているが、そういうことにしておいた。フランチェスカもこの嘘を見抜いているはずだが、敢えてそれには触れてこない。

「フランチェスカは番犬の付き添いで、一年の補習を覗いてきたんだろう？」

「付き添いというより、私も授業を聞いておきたかったんだ。一年生の授業の範囲って、私はほぼ独学でやっちゃってるし……だけど先生の解説が終わってグラツィアーノたちの追試が始まったから、自分の教室で待ってようと思って」

そうしてフランチェスカは、向日葵みたいな笑顔を向けてくれる。

「学院に来て良かった。夏休み中に友達《レオナルド》に会えるなんて、すっごく嬉しい！」

「……俺も」

この上なく大切な存在を前にすると、これまでの澱みが何もかも解けていくかのようだ。くだらない腹の探り合いをしてきたことも、醜い人間たちの間で笑みを作る時間の煩わしさも、すべてがどうでもよくなってしまう。

レオナルドは目を眇め、フランチェスカに伝えた。

「君に会えて、とても嬉しい」

「ふふっ。ありがとう！」

彼女が嬉しそうにするだけで、なんだってしてあげたい気持ちになるのだ。

あまつさえ無防備なフランチェスカは、レオナルドに手を伸ばしてくる。

「お手紙では元気だって書いてくれてたけど。本当にあれから、体調を崩したりしていない？」

「………」

わざわざ額に触れたのは、『あれ』を意識した上での行為なのだろうか。

（フランチェスカに限って、そんな筈はないか。とはいえ）

心配してくれる彼女の瞳を見下ろして、レオナルドは苦笑する。

（いま触れたのは、君があのときキスをしてくれた場所なんだが……）

恐らくフランチェスカに他意は無いのだと、そんなことは分かりきっていた。「大丈夫だよ」と答えようとして、ふと悪いことを思いつく。

「フランチェスカ。実は……」

「やっぱりどこか具合が悪いの⁉」

「うん。というよりも、このところ物凄く疲れている」

これは真っ赤な嘘だった。

確かに夏期休暇のあいだ、ずっと黒幕の調査や家業で出ずっぱりだ。フランチェスカと共にラニエーリ家の森で過ごせたあの日々ですら、国王ルカの命令によるものだった。

けれどもそんなのは些事である。

要人の相手や、こちらを陥れることしか考えていない相手との商談ですら、レオナルドにとってはなんでもないことだ。フランチェスカに会えないことが苦痛である以外、取り立てて不都合はない。

（それでもフランチェスカは、俺の弱音を信じるんだろうな）

そう予想してみた通り、フランチェスカはしゅんとした顔でレオナルドを見つめてくれるのだ。

「そうだよね。レオナルド、夏休み中ずっとお仕事なんだもんね……？」

（あー……参ったな。すごく可愛い）

こんな嘘で心配そうに眉尻を下げるフランチェスカが、レオナルドにはどうしようもなく愛おしかった。

「それでも体調を崩さずにいられたのは、君のしてくれた『おまじない』のお陰だ」

「えっ⁉　あっ、あわわあっ、あれは……‼」

あのキスを意識してくれたらしく、フランチェスカの顔が真っ赤に染まる。それを見て思わず笑ってしまい、フランチェスカに少しだけ拗ねた顔をさせてしまった。

「恥ずかしがらせて悪かった。だけど君さえよければ、もっとおまじないをくれないか？」

「も、もっと!?」

「うん」

レオナルドは頬を緩め、中指の背でフランチェスカのくちびるを撫でる。彼女が目を伏せて、恥ずかしそうに震えるのがたまらなく可愛らしかった。

「……してほしい。フランチェスカ」

「っ、うう……!!」

我ながら、少し甘えた仕草になった自覚はある。

流石に意地が悪い要求だ。早く取り消してあげなくてはと思うが、フランチェスカと久し振りに会えた所為で、なかなかレオナルドから解放してやることが出来なかった。

「ほ……本当に効いたの？　おまじない」

「ああ。君がキスをしてくれたお陰で、君に会えない日々を頑張れたと言っても過言じゃない」

「で、でも、嘘かもしれないから……！」

「ん？」

どんな発言が飛び出してくるのか楽しみで、レオナルドは微笑みながら首を傾げた。

するとフランチェスカは半ば自棄のような表情で、本当に予想もしなかったことを言う。

「本当に友達からのキスが効果あるのか、レオナルドも私にしてみてよ……!!」

「…………………は」

思わずぽかんとしてしまった。

「だ、だから！　レオナルドも私のおでこに、キスしてくれたら分かるでしょ!?」

「待て。君、自分の発言についての自覚は……」

そこまで言い掛けたところで、レオナルドは口を噤む。

（……本当に俺は、君にとっての悪い『友人』だな）

そんな自嘲と共に、フランチェスカへと手を伸ばした。

薔薇色の前髪をレオナルドが指で梳けば、フランチェスカの肩がびくりと跳ねる。その反応が可哀想なのに、たまらなく可愛くて嫌になる程だ。

「……君を誰にも見せたくないから、カーテンの中に隠していいか？」

「っ、え？」

返事がある前に引き寄せて、教室の白いカーテンを掴む。窓の外に見えるのは夏の空の景色で、こうすると秘密の場所に隠れているかのようだ。

ここが普段の授業をしている教室だなんて、信じられない気分になった。

「レオナルド……」

「ん」

カーテンと腕の中に閉じ込めたフランチェスカは、少しだけ不安そうにレオナルドを見上げる。

それからぎゅっと目を瞑った、その様子がやっぱり無防備だ。

「……俺の可愛い、フランチェスカ」

「……っ」

彼女を口説くためではなく、独り言でしかない本心が零れた。

レオナルドはフランチェスカの前髪をさらりとなぞり、露わになった小さな額を見下ろす。

フランチェスカを抱き締めて、口付けをするかのように身を屈めた。

「――――……」

「ひゃわあっ⁉」


その上で、キスをするのではなく抱き締める。


緊張に固まっていたフランチェスカが、それによって素っ頓狂な声を上げた。レオナルドはそれを聞き、おかしくて仕方がなくなる。

「ふ……っ。ははは、あははははっ！」

「れ、レオナルド⁉」

「いくらなんでも、がちがちになりすぎだろう！　そんな状態で君が『おまじない』なんて受けたところで、却って疲れてお終いだ。ははっ、ははは！」

「うぐうー……」

レオナルドからぬいぐるみのように抱き締められて、フランチェスカはご立腹の様子だった。けれどもこの拗ねた振る舞いは、恥ずかしさを隠すためとみて間違いがないだろう。

「俺も揶揄って悪かった。君のキスのおまじないは効果覿面だが、実は今日の俺には必要がないんだ。何故ならそもそも俺は、疲れていないから」

「……そんなことないよ、レオナルド」

「フランチェスカ？」

「だって」

レオナルドがフランチェスカから腕を解くと、フランチェスカはレオナルドの頬を両手でくるむ。

「今のレオナルド、教室に入ってきたときよりも元気そうだもの」

「！」

フランチェスカのそんな言葉に、レオナルドはひとつ瞬きをした。

「私を揶揄って、いっぱい笑ったからかな？　ちょっとほっとしたみたいな、そんな顔してる」

「……」

フランチェスカの瞳に映る自分の姿は、別に変わった様子もない。

第一に、不調を隠す上手さには自信があった。他の人間からの指摘であれば、一笑に付していただろう。

けれどもフランチェスカの前でだけは、取り繕える気はしないのだ。

フランチェスカは、にこっと笑顔になって言った。

「レオナルドは多分、本当は疲れてたはずなんだよ。隠すのが上手すぎて、自分でもあんまり気付けないだけ」

「…………」

フランチェスカにそう言われて、レオナルドは何となく腑に落ちる。ふっと小さく笑い、彼女を見つめて頷いた。

「……そうなのかもな」

何しろレオナルドはずっと、フランチェスカに会えなかったのだ。

我ながら最早、彼女がいないと生きていけないという領域にまで達しているかもしれない。

「とはいえこれで解決だ。君に会えたから癒された」

「駄目だよ、ちゃんと休んでね！　ええと……」

フランチェスカは何事かを考え込んだあと、ものすごく恥ずかしそうに声を振り絞った。

「……追加のおまじない、ほ、本当に必要なら頑張るけど……！」

「ははははっ！」

その真っ直ぐさが愛おしくて、やはりどうしても笑ってしまう。

夏期休暇のあいだに詰め込んだ仕事は、新学期になれば落ち着く算段だ。この教室で、フランチェスカに当たり前に会える日々が待ち遠しくて仕方がない。

「夏休みなんて、早く終わってしまえばいいのにな」

レオナルドが思わずそう口にすると、フランチェスカは驚いていた。

学生にあるまじき発言であろうとも、レオナルドにとっては嘘偽りのない、珍しい本音なのである。

あとがき

本作をお手に取っていただきありがとうございます！　あくまな2巻をお届けすることが出来てとても嬉しいです、雨川透子と申します！

今回はフランチェスカとレオナルドの主役ふたりに加え、フランチェスカのお世話係グラツィアーノや、新しいキャラクターをたくさん書けた巻でした！

フランチェスカとレオナルドも、1巻から関係性がちょっと進歩しています。最強極悪婚約者が強い女の子に籠絡されていく様子を見守っていただければ幸いです！

今回もイラストを安野メイジ先生に描いていただきました！　麗しいカバーイラストも爽やか楽しいカラー口絵も、色んな表情を描いていただいた挿絵も全部素敵で拝みました!!

カバーイラストのレオナルドの白い夏礼服、まさに胸が撃ち抜かれるかのような素敵さで、フランチェスカの可愛さも相まってときめきが止まりません。大好きです……！

新キャラたちは1巻に引き続き、コミカライズの轟斗ソラ先生にデザインいただきました！

キャラクターのイメージを理想通り具現化してくださるどころか、私の引き出しにはない最高のデザインにて具現化して下さり、本当に幸せ者です。ありがとうございます!!

物語は3巻に続きます！　次回、レオナルドが小さな少年の姿に⁉

2巻のラストに登場した美青年ダヴィードとの物語も進んでゆきます。お目に掛かれましたら幸いです！

お読みいただきありがとうございました！

巻末おまけ

コミカライズ
第2話
試し読み

漫画 轟斗ソラ
原作 雨川透子

さあ到着《とうちゃく》だ
第2話
はあ…
疲れた…
お手をどうぞ お嬢《じょう》さん
ぐっ…
こんなところまで連れて来られて怖かったよな
どうする？逃げてみてもかまわないが
……しないよ そんな疲れそうなこと

へぇ……
そんなことより さっさと本題に 入りましょ
レオナルド・ヴァレンティーノ・アルディーニさま
ククッ…
やっぱり 気づいてたか
中へどうぞ フランチェスカ
ギィ…

初めて顔を合わせた婚約者《こんやくしゃ》同士
互いの理解を深め合おうじゃないか
心にも思ってなさそう

レオナルドは
アルディーニ家の
若き当主だ
年齢《ねんれい》は
私と同じ17歳
レオナルドの
父と兄が死んだとき
彼はまだ10歳だった
当主を
継承《けいしょう》するには
幼すぎて
後見人《こうけんにん》がつき
お飾《かざ》りの当主になる
と思われたけど――
10歳の彼は
裏社会《うらしゃかい》を生きるために
必要な才能を
すべて
持ち合わせていた

明晰《めいせき》な頭脳《ずのう》
何者をも恐れない度胸《どきょう》
冷静に見極《みきわ》める慎重《しんちょう》さ
人を惹《ひ》きつけるふるまいをしながらも
彼自身は誰にも頼らない冷徹《れいてつ》な心
当主として一家に所属する大の大人たちを
たったひとりで率いてきたのだ
……そして
そんなレオナルドの婚約者《こんやくしゃ》が『私』…

そういえば
シナリオだと誘拐《ゆうかい》先は港にある倉庫のはずだけど
このおうちレオナルドの隠《かく》れ家《が》なのかな…？
君この状況が怖くないのか？
訳もわからずさらわれたんだから普通は絶叫《ぜっきょう》して『助けて』って泣きわめくものだろう？
……それさらった本人が被害者に聞く？
ははっそれもそうだな
なぜ嬉しそうなのか…

誘拐《ゆうかい》には慣《な》れてるの
対処方法の心得《こころえ》はあるし
相手の殺気《さっき》を読む程度ならできるから
殺気《さっき》を読む『程度』ねえ……
それに丁度よかった
あなたに会えたら話したかったことがあるんだ
へえ？言ってみな
私と婚約破棄《こんやくはき》してほしい

……面白いことを言う
じいさん同士の勝手な約束とはいえ利点《りてん》しかない結婚なのに？
そう……両家の祖父たちが交わした盟約《めいやく》
『両家の間に性別の違う子供が生まれたらふたりを婚約《こんやく》させる』
王家を支える五大ファミリーのうち
私の家《カルヴィーノ》はもっとも王室と縁の深い『忠誠《ちゅうせい》』を重《おも》んじるファミリー
その性質上人道から大きく外れた荒稼《あらかせ》ぎはできない
一方レオナルドのアルディーニ家は『強さ』を重《おも》んじるファミリー
そのやり方は豪快《ごうかい》で華やか
圧倒的な武力で莫大《ばくだい》な利益を生み将来性もある

その代わり家門の歴史が最も浅く
他家から軽んじられることもあった
由緒《ゆいしょ》正しい私の家と華やかで稼ぎの良いレオナルドの家
結ばれるのは両家にとって必要なこと
……だけど
あなたは利点だなんて思ってないでしょ？

彼のやり方はもっと現実主義《げんじつしゅぎ》で合理的《ごうりてき》
この男が『由緒《ゆいしょ》』なんて
形だけの名誉《めいよ》をほしがるわけない
どうせお互いいらないのなら婚約《こんやく》なんて破棄《はき》しちゃおうよね？

カツ…
……駄目だ
!
だけど……っ
俺《おれ》の本題はそこじゃないんだ
どかっ
いまから可愛《かわい》い君に
暴力をふるう

君は大いに傷つくだろう
そして家に帰ったら
辛かったことを父親に話してくれないか？
なるべく悲壮《ひそう》な雰囲気で
泣きじゃくってくれると嬉しい
可哀想な君を見て他家もきっと同情するだろう
──あ。
この人

自分の手で意図《いと》して人を
殺《ころ》したことあるんだ
君の役割はそれで終わり
まだ使い道がある可能性を考慮《こうりょ》して
婚約破棄《こんやくはき》はしないんだが
ぐい
にこ
理解できたか？
こういう説明は君が正気《しょうき》のうちにしておかないとな

ここからは良い子にしていなくてもかまわない
むしろなるべく抵抗して……
あなたの計画は上手くいかない
……なんだって？
私に危害を加えて五大ファミリーが保っている均衡《きんこう》を滅茶苦茶《めちゃくちゃ》にするのが狙《ねら》いでしょ？
その計画は失敗するの
ぐっ…

私はあなたに何をされたって
パパに泣き顔ひとつ見せないし
私にされたことへの報復《ほうふく》で誰かを頼《たよ》る真似《まね》は絶対にしない
自分にふりかかることへの責任は自分で取る

それが
前世の祖父《おじいちゃん》から教わった
私の仁義《じんぎ》

シーモアにて先行配信中!
コミックコロナEXにて順次配信!
続きはWEBにてお楽しみください!

NOVEL
友達とは違う
遂に、レオナルド《大親友》の本当の気持ちを知ったフランチェスカ。
雨川透子 イラスト 安野メイジ キャラクター原案 轟斗ソラ
最上級ランクの悪役さま、その溺愛は不要です!
極道令嬢でした。
4

『愛おしい婚約者』としての扱いに、
——俺は、
君のことが好きだよ
2025年
発売決定！
彼女は——？
悪党一家の愛娘、
転生先も
乙女ゲームの
AKUTOUIKKA NO MANAMUSUME, TENSEISAKI MO OTOMEGAME NO GOKUDOUREIJOU DESHITA.

レオナルド！
君の髪色には黒色の薔薇《ばら》もよく映《は》える
レオナルドとの友達ライフを
送るはずが——
ごめんお待たせ！
2025年初頭発売予定！
最上級ランクの悪役さま、その溺愛は不要です！
極道令嬢でした。
@COMIC
4

私を信じてほ
伝統なんてものを守っているうちに
当家がすべてを塗《ぬ》り潰《つぶ》すぞ
フランチェスカの婚約を巡る取引が勃発!?
自分の目的を達成できる
誰を敵に回しても
いい時もある
漫画 轟斗ソラ
原作 雨川透子
悪党一家の愛娘、転生先も乙女ゲームの

悪党一家の愛娘、
転生先も乙女ゲームの極道令嬢でした。2
～最上級ランクの悪役さま、その溺愛は不要です！～

2023年10月　1日　第1刷発行
2024年　7月30日　第2刷発行

著　者　雨川透子

発行者　本田武市

発行所　TOブックス
〒150-0002
東京都渋谷区渋谷三丁目1番1号　PMO渋谷Ⅱ　11階
TEL 0120-933-772（営業フリーダイヤル）
FAX 050-3156-0508

印刷・製本　中央精版印刷株式会社

本書の内容の一部、または全部を無断で複写・複製することは、法律で認められた場合を除き、著作権の侵害となります。

落丁・乱丁本は小社までお送りください。小社送料負担でお取替えいたします。

定価はカバーに記載されています。

ISBN978-4-86699-939-5
©2023 Touko Amekawa
Printed in Japan